KB142363

수상한 기숙사의
치킨게임

수상한 기숙사의 치킨게임

(청소년 성장소설 십대들의 힐링캠프, 일탈)

[십대들의 힐링캠프®] 시리즈 **NO.16**

지은이 ㅣ 박기복
발행인 ㅣ 김경아

2018년 10월 31일 1판 1쇄 발행
2019년　6월 10일 1판 2쇄 발행(총 4,000부 발행)

이 책을 만든 사람들
책임 기획 ㅣ 김경아
기획 ㅣ 김효정
북 디자인 ㅣ KHJ북디자인
교정 교열 ㅣ 좋은글
경영 지원 ㅣ 홍종남
표지 일러스트 ㅣ 발라

이 책을 함께 만든 사람들
종이 ㅣ 제이피씨 정동수 · 정충엽
제작 및 인쇄 ㅣ 천일문화사 유재상

펴낸곳 ㅣ 행복한나무
출판등록 ㅣ 2007년 3월 7일. 제 2007-5호
주소 ㅣ 경기도 남양주시 도농로 34, 부영e그린타운 301동 301호(다산동)
전화 ㅣ 02) 322-3856 팩스 ㅣ 02) 322-3857
홈페이지 ㅣ www.ihappytree.com
도서 문의(출판사 e-mail) ㅣ e21chope@daum.net
내용 문의(지은이 e-mail) ㅣ yesreading@gmail.com
※ 이 책을 읽다가 궁금한 점이 있을 때는 지은이 e-mail을 이용해 주세요.

수상한 기숙사의

치킨게임

먹으려는 자 vs 막으려는 자

| 박기복 지음 |

Chicken Game

15XX – 92XX

B사감과 치킨게임

1925년 현진건 작가가 쓴 「B사감과 러브레터」란 작품이 있다. 작품 속 B사감은 C여학교에서 근무하는 교원이자 기숙사를 관리하는 사감이다. 기숙사를 아주 엄격하고 깐깐하게 관리한다. 여학교 기숙사다 보니 남학생들에게서 연애편지가 많이 온다. 그러나 B사감은 남학생들에게서 오는 연애편지를 끔찍하게 싫어한다. 연애편지가 오는 날이면 편지에 적힌 여학생을 불러서 몇 시간씩 괴롭힌다. 남자를 아주 싫어해서 남자가 면회를 오면 무조건 막는다. 심지어 친척이나 가족이라고 해도 남자라면 이런저런 핑계를 대면서 면회를 허락하지 않는다. 그 때문에 학생들이 부당하다며 저항한다. 교장까지 나서서 설득하지만 B사감은 자기 고집을 꺾지 않는다.

나는 현재 고등학교 1학년 남학생이고, 내가 다니는 고등학교는

남녀공학이다. 전교생 가운데 1/4 정도만 기숙사에서 생활한다. 기숙사 입소를 신청했지만 입소 점수가 밀려서 들어오지 못하는 대기자도 꽤 많다. 여자 기숙사에는 「B사감과 러브레터」에 나오는 B사감과 같은 사감이 없지만, 남자 기숙사에는 소설에서 튀어나온 듯한 남자 B사감이 있다. 「B사감과 러브레터」에 나오는 B사감과 겉모습도 다르고, 여학생과 사귀지 못하게 막지도 않는다. 그러나 기숙사를 엄격히 관리하고, 틈만 나면 규정을 들먹이며 우리를 들들볶는 모습은 「B사감과 러브레터」에 나오는 딱 그 'B사감'이다.

「B사감과 러브레터」는 B사감에 얽힌 비밀이 드러나면서 끝이 난다. 어느 날부터 기숙사에서 이상한 소리가 나는데, 모두들 괴상하게 여기지만 무슨 영문인지 모른다. 그러다 호기심을 참지 못한 여학생

세 명이 괴상한 소리가 나는 방을 찾아가는데, 놀랍게도 그 소리가 나는 곳은 B사감의 방이었다. 방안을 살펴보니 B사감은 그동안 빼앗은 연애편지를 마치 남녀가 대화를 나누듯이 읽으며 즐기고 있었다. 여학생들은 그 모습을 보고 미쳤다고 하지만, 반면 불쌍하다는 반응도 보인다.

작가는 B사감을 "사십에 가까운 노처녀이며, 주근깨투성이 얼굴에 처녀다운 맛은 없고, 곰팡이 슬은 굴비 같다"라고 묘사한다. 이런 외모 때문에 B사감이 연애조차 변변히 못 하고 성격도 삐뚤어져서 못된 짓을 일삼는다는 설정이다. 물론 나는 여성을 외모로 평가하는 이런 인물 설정이 마음에 들지 않는다. 그렇지만 연애에 엄격하기만 한 B사감이 사실은 그 누구보다 연애를 갈망하며, 규정을 어기고 있었다는 결말은 마음에 든다. 제발 우리 기숙사 B사감도 뒤로 호박씨를 까고, 마지막에 쫓겨나면 얼마나 좋을까? 그런데 아무리 봐도 우리 기숙사 B사감은 「B사감과 러브레터」 속 B사감과 달리 그런 약점은 없어 보인다. 무결점에 깐깐한 B사감이 지배하는 학교 기숙사는 우리를 숨막히게 한다.

1955년 〈이유 없는 반항〉이란 영화에 '치킨게임(Chicken Game)'이 나온다. 학교에 적응하지 못하고 반항을 일삼던 주인공 짐(제임스 딘)은 주디라는 여자애를 좋아하게 된다. 하지만 주디에게는 이미 버즈라는 남자 친구가 있다. 주디와 사귀고 있던 버즈는 주디에게 접근하는

짐이 못마땅했고, 짐에게 절벽 위에서 자동차 게임을 벌이자고 제안한다. 이 대결은 두 사람이 각자 차를 몰고 절벽을 향해 달리다가 먼저 차에서 뛰어내리는 사람이 지는 게임이다. 이 게임에서 짐은 중간에 뛰어내리지만 버즈는 옷소매가 문고리에 걸려 문을 열고 나오지 못한다. 결국 절벽에서 떨어져 죽음을 맞이한다. 치킨게임은 '겁쟁이(Chicken)'를 가리는 게임이다. 보통 한밤중에 도로 양쪽에서 자동차를 몰고 서로 돌진하다 운전대를 먼저 트는 사람이 지는 게임이다. 1950년대 미국 젊은이들 사이에서 유행한 게임인데 운전대를 먼저 꺾는 사람은 겁쟁이가 되고, 끝까지 돌진하는 사람이 승리자가 된다. 물론 둘 다 끝까지 운전대를 꺾지 않으면 그대로 부딪쳐서 크게 다치거나 죽는다.

고등학교 1학년 어느 가을밤, 우리 학교 기숙사에서도 치킨게임(Chicken Game)이 벌어졌다. 물론 그날 벌어진 치킨게임은 〈이유 없는 반항〉에 나오는 치킨게임과는 조금 달랐다. 이 치킨게임에서는 '겁쟁이 치킨'이 아니라 '먹는 치킨'이 등장한다. 치킨을 먹으려는 자와 치킨을 먹지 못하게 막으려는 자 사이에 벌어진 치킨게임(Chicken Game)이었다. 둘 다 한밤중에 방향을 틀지 않고 돌진한다는 점에서 〈이유 없는 반항〉에 나오는 치킨게임을 닮았으나, 자동차 경주가 아닌 먹는 '치킨'을 두고 벌이는 게임이란 점에서 〈이유 없는 반항〉과는 달랐다.

1968년 프랑스에서는 남자 기숙생들이 여자 기숙사에 몰려가 자유롭게 왕래하게 해 달라고 요구하며 시위를 벌였다. 아주 단순한 요구를 내건 시위는 세계 역사에 유래 없는 사건인 '68혁명'으로 이어졌다.

고등학교 1학년 가을 밤, 나와 친구들은 여자 기숙사를 자유롭게 오가게 해 달라는 요구가 아닌 그저 치킨 한 마리만 먹을 수 있게 해 달라고 요구했다. 물론 그 요구는 받아들여지지 않았다. 우리는 68혁명처럼 시위할 용기는 없었지만 그냥 물러날 수도 없었다. 결국 우리는 치킨을 먹지 못하게 하는 낡은 질서에 맞서 치킨을 먹기 위한 살 떨리는 게임을 벌였다.

21세기 어느 수요일 밤, 기숙사에 갇혀 지내는 팔팔한 고등학교 1학년 남학생 네 명은 아주 작은 일탈을 감행했다. 그리고 B사감과 우리 사이에는 물러설 수 없는 치킨게임(Chicken Game)이 벌어졌다.

수상한 기숙사의 치킨게임

송인욱   치킨으로 이루어진 삶을 사랑하는 고1 남학생. 치킨 신조 "모든 치킨은 진리다."

김민수   과학과 수학을 치킨 못지않게 좋아하는 고1 남학생. 치킨 신조 "프라이드치킨이 최고다."

유병수   치킨과 불닭볶음면을 좋아하는 유쾌 발랄한 고1 남학생. 치킨 신조 "늘 새로운 치킨 맛에 도전하라!"

박준영   단 1점도 벌점을 받지 않은 기숙사 최고의 모범생. 치킨 신조 "뼈는 귀찮고 순살은 편하다."

B사감   본명은 방기훈. 규정을 있는 그대로 적용하며 깐깐하게 기숙사를 관리하는 남자 기숙사의 사감 선생님. B사감이란 별명 외에도 방귀간수, 스크랫이란 별명도 있다.

구미호   본명은 구민혁. 학생들의 일거수일투족을 모두 꿰뚫고 있는 학생주임 선생님. 신출귀몰한 능력을 두려워한 학생들이 붙인 별명이 바로 구미호다.

김태진   1학년 남자 기숙사 학년 대표이자 1학년 학생회 임원. 정의감이 넘쳐 불의를 보면 참지 않으며, 부당한 권력에는 용감하게 저항한다.

차림표

치킨은 모두 진리다

또다시 구미호가 떴다.

"이거 봐라! 넌 양심도 없냐?"

구미호는 식판에 남은 음식을 째려보며 손끝으로 어깻죽지를 찔러 댔다.

"굶고 사는 애들한테 미안하지도 않냐?"

음식을 남긴 남학생은 잔인한 범죄자라도 된 듯 고개를 들지 못했다.

"이것들이 굶어 봐야 정신을 차리지."

구미호에게 잔뜩 구박을 당한 남학생은 이름이 적힌 뒤에야 풀려 났다.

"오호, 내가 검사를 하는데도 남겨? 나 따위는 안중에도 없는 거 야?"

이번에는 빼빼 마른 여학생이 걸렸다.

구미호는 여학생이라고 봐주지 않았다. 한참 잔소리를 늘어놓은 뒤에야 이름을 적고 보내 주었다. 구미호가 눈을 부라리며 식판 검사를 해 대니 애들은 주눅이 들어 먹기 싫은 밥을 꾸역꾸역 입안으로 욱여넣었다.

'이걸 다 삼킬 수 있을까?'

아무리 식욕을 끌어올리려고 애를 써 봐도 식판 위에 놓인 급식은 떨어지는 성적처럼 무자비하게 내 식욕을 꺾어 버렸다.

나는 먹고 싶은 음식으로만 가득한 밥상을 바라지는 않는다. TV 프로그램에 나오는 음식처럼 입에 넣기만 해도 감탄이 쏟아지는 밥상도 기대하지 않는다. 완벽한 밥상이면 좋겠지만 학교 식당이 그럴 수 없다는 점은 이해한다. 그래도 먹을 만한 음식이 하나는 있어야 참을 수 있다. 사람도 그렇다. 마음에 들지 않는 점이 많더라도 하나만 괜찮으면 가깝게 지낼 만하다. 내 마음을 채워 주는 단 하나가 나머지 단점과 불만을 감수할 수 있는 참을성을 심어 준다. 나처럼 참을성이 좋고, 웬만하면 음식 투정 안 하는 사람도 이런 급식은 도무지 참기 힘들다.

부대찌개는 간을 전혀 하지 않은 듯 밍밍했고, 부대찌개 안에 든 소시지는 냄새는 소시지인데 맛은 소시지가 아니었다. 씹을 때마다 공장에서 만든 인조가죽 느낌이 나서 괴로웠다. 부대찌개에 뜬 고추기름은 맛을 잡아 주기는커녕 징그러운 무늬만 만들어 내어 식욕을 더욱 떨어뜨렸다. 그나마 부대찌개 맛을 지켜 줄 김치도 찾기 힘들었다. 김치를 몰아내고 부대찌개를 대부분 차지한 콩나물은 심심함만 더할 뿐이었다. 그 많은 콩나물로 차라리 콩나물국을 끓였다면 훨씬 나았을 것이다.

이렇게 엉망인 부대찌개도 계란찜에 견주면 괜찮은 편이었다. 브로콜리를 갈아서 넣었는지 계란찜이 초록빛이었다. 초록빛 때문에 노른자가 마치 곰팡이가 피어 썩은 듯이 보였다. 흰자 쪽은 초록빛 이끼가 낀 것 같아 도저히 수저를 댈 용기가 나지 않았다. 안 그래도 맛이 엉망인데 겉모습마저 징그러우니 입에 넣을 때마다 강제 수용소에서 고문을 당하며 먹는 식사와 다름없었다.

갓 담아서 내놓은 깍두기는 고춧가루와 무가 따로 놀고, 버섯볶음은 부대찌개와 달리 지나치게 짜서 먹기 힘들었다. 밥도 물렁물렁하고 일부는 뭉쳐져 소화에는 도움이 되겠지만 입맛은 끔찍하기만 했다.

급식이 웬만큼 맛이 없는 날에도 친구들끼리 수다를 떨면서 즐겁게 먹을 수 있었다. 그런데 이날 저녁은 늘 끊이지 않던 수다마저 끊길 만큼 엉망이었다. 좀처럼 불만을 드러내지 않는 준영이도 얼굴을 찌푸리면서 겨우 씹어 삼켰다. 늘 웃는 얼굴로 농담을 달고 사는 병수도 참기 힘든 듯 몇 번이나 이마를 찡그렸다. 나와 몸매가 가장 닮은 민수는 밥을 먹다 말고 자꾸 아랫입술을 삐죽 내밀었다. 민수는 불만이 많을 때 저런 표정을 짓는다. 다들 구미호 눈치를 살피며 억지로 음식을 씹고 있었다.

"도저히 못 먹겠어."

민수가 중얼거리며 젓가락을 내려놓았다.

"야, 구미호한테 걸리면 어쩌려고."

구미호 쪽을 흘깃 살피고는 목소리를 낮춰 말했다.

"솔직히 이게 음식이냐? 쓰레기지."

쓰레기란 낱말이 안 그래도 바닥까지 떨어진 식욕을 땅속에 묻어 버렸다.

마주 앉은 병수와 준영이도 젓가락을 내려놓았다.

"도저히 못 씹겠다."

"입이 테러를 당했어."

더는 먹기 힘들었다. 그렇다고 모든 애들이 음식을 남기면 구미호가 가만두지 않을 것이다. 우리 넷이 늘 붙어 다니는 줄 아는 구미호이기에 넷 다 음식을 남기면 똘똘 뭉쳐서 반항한다며 더 크게 혼낼 수도 있다. 그렇다면 방법은 하나뿐이었다.

"이렇게 하면 어때?"

셋이 귀를 바짝 세우고 나에게 다가들었다.

"우리가……."

끔찍한 음식 테러에서 벗어날 방법을 막 제안하려고 할 때였다.

"야, 온다!"

병수가 깜짝 놀라며 작게 고함을 질렀다. 우리는 무슨 말인지 금세 알아채고 얼른 젓가락을 들어 억지로 맛있게 먹는 표정을 지었다. 우리가 앉은 자리 옆으로 구미호가 찬바람을 일으키며 지나갔다. 혀는 가시에 찔린 듯하고 속은 뒤틀렸다.

'구미호'는 1학년 학생주임 선생님이다. 1학년 입학식 때부터 학생들 군기를 바짝 잡았는데, 장난 아니게 무서웠다. 구미호에게 걸린 학생은 거의 초주검이 되어서야 풀려난다. 음식을 남긴 애들이 당하는 정도는 여느 때 구미호에게 혼이 나는 수준에 견주면 아주 가벼운 편에 속했다. 구미호는 무섭기도 하지만 신묘한 행적 때문에 학생들이 더 두려워했다.

학생들이 몰래 저지르는 사소한 규칙 위반도 기가 막히게 잡아낸다. 점심때 몰래 밖으로 빠져나가다가 구미호한테 걸린 애들이 부지기수고, 규정과 어긋나는 복장 때문에 잡힌 애는 셀 수도 없이 많았다. 서로 갈등이 생겨 다툼이라도 벌어지면 어김없이 구미호가 나타났다. 야간 자율학습 때도 다들 공부를 열심히 하고 있으면 나타나지 않는다. 그런데 조금이라도 분위기가 흐트러지면 어느새 나타나 군기를 잡았다. 그 행적이 신묘하고, 촉수가 사방팔방에 뻗어 있었다.

언제 어디서 구미호가 나타날지 몰라 다들 알아서 조심했다. 신출귀몰하게 나타나는 탓에 혹시 학생들 사이에 첩보원을 심어 두었거나, 곳곳에 감시카메라를 설치해 둔 것이 아닐까 의심하며 설왕설래하기도 했다. 물론 그런 증거는 아직까지⑴ 발견된 적이 없다. 구미호라는 별명이 붙은 까닭은 학생주임 본명이 구민혁이기 때문이지만, 그 신비로움과 잔인함을 나타내기에 구미호란 낱말이 아주 알맞기 때문이기도 하다.

"에효, 구미호 때문에 가~안 떨어지는 줄 알았네."

병수가 '간'을 '가~안'으로 장난스럽게 발음하는 게 웃겼지만 소리 내어 웃을 수는 없었다.

"한 명이 뒤집어쓰자!"

내가 재빨리 말했다.

"뭔 말이야?"

민수가 물었다.

"남은 음식을 한 명에게 몰아 주자고."

"야, 그랬다간 구미호한테 죽어."

준영이가 기겁을 했다.

"이거 다 먹으려고 하다간 구미호한테 걸리기 전에 먹다가 죽게 될 거야."

그 말에 다들 동의했다.

"구미호한테 걸린다고 죽지는 않아. 오늘 하는 것을 보면 그렇게 심하게 야단치지도 않잖아."

친구들도 평소보다 구미호가 가볍게 야단을 치고 넘어간다고 여기고 고개를 끄덕였다.

"음식을 남겨 봐야 잠깐 야단맞고, 반성문에 봉사활동이잖아."

분위기는 내 의견에 찬성하는 쪽으로 모아졌다.

"한 명이 뒤집어쓰고, 셋을 구하자!"

우리들은 아주 빠르게 마음을 모았다.

운명을 결정할 가위바위보를 했다. 태어나서 가장 긴장하며 하는 가위바위보였다. 안타깝게도 이럴 때는 꼭 말을 꺼낸 사람이 걸린다. 법칙인지 저주인지 모르겠지만, 내가 걸리고 말았다. 거부하고 싶지만 어쩔 수 없었다. 친구들을 위해 내가 희생하는 수밖에 없다. 우리는 아주 조심스럽게 내 식판으로 남은 밥과 반찬을 모았다.

"우리는 간다."

친구들은 웃음을 억지로 참으며 잽싸게 식판을 들고 반납대로 가 버렸다. 구미호는 친구들 식판을 보더니 아주 흡족한 표정을 지었다. 식당 문을 나서기 전에 친구들은 내게 손을 흔들어 주며 활짝 웃었다. 후회가 밀려왔지만 어찌할 방법이 없었다. 나는 조금 더 기다렸다가 애들이 많이 일어나는 때를 골라 같이 일어났다. 구미호가 무섭기는 한가 보다. 끔찍한 급식을 모조리 입안으로 욱여넣었는지 거의 모든 식판이 깨끗했다. 나를 비롯한 몇몇 애들 식판에만 음식이 남았는데 나보다 음식을 많이 남긴 사람은 보이지 않았다.

음식을 남기지 않은 학생들은 아주 당당하게 구미호 앞을 지나갔고, 음식을 남긴 학생들은 구미호 앞에서 가~안을 빼앗길까 봐 벌벌 떨었다. 구미호는 음식을 남긴 불쌍한 영혼들을 일일이 잡아서 야단치고, 이름을 적었다.

'그래! 평소에 비하면 저 정도쯤은'

이를 악물고 구미호 옆을 지나갔다.

"동작 그만!"

주변에 있던 모두가 우뚝 멈춰 섰다. 물론 나도.

"이 가~아안이 배 밖으로 튀어나온 분은 누구신가?"

구미호도 자기 별명이 구미호인지 안다. 그래서 정말 화가 났을 때나 어처구니가 없을 때면 일부러 '가~아안'이란 낱말을 골라서 쓴다. 위장 옆에 붙어 있던 간이 부들부들 떨며 만들어 낸 진동이 뇌리에 한랭전선을 만들어 냈다.

"이분은 부모님이 농사라도 지으시는 거냐, 아니면 돈이 쓰레기처럼 넘쳐나는 거냐?"

구미호는 내 식판과 얼굴을 번갈아 보았다. 식판을 쥔 손에서 땀이 났다.

"지금 나한테 반항하는 건가? 송인욱 학생!"

사태가 좋지 않게 돌아갔다.

"한술도 뜨지 않고 그대로 들고 나오다니, 나에게 도전이라도 하려고 마음먹으셨나?"

자리에 앉아서 떠올렸던 변명을 힘겹게 뱉어 냈다.

"제가 무슨……, 그냥 속이 좀 안 좋아서……."

나는 일부러 인상을 찌푸리고 어깨를 구부정하게 만들었다.

"호호, 속이 안 좋으시다! 속이 안 좋으신 분께서 이렇게 잔뜩 밥과 반찬을 뜨셨단 말이지?"

"그게, 뜰 때까지는 괜찮았는데…… 먹으려고 하니까 갑자기……."

19

구미호는 내 눈을 똑바로 보더니 빙그레 웃었다.

"너 어디서 수작이야. 뒤집어썼냐?"

뜨끔했다. 정말 가~~안이 떨어질 뻔했다.

"대단하다고 해야 할지, 무식하다고 해야 할지. 너랑 같이 다니는 놈들이 아까 재빨리 줄행랑치더니 다 이유가 있었군."

구미호를 너무 얕잡아 봤다. 이런 꼼수에 넘어갈 구미호가 아님을 명심해야 했는데…….

"우정이 기특하긴 한데, 이런 일에 우정을 걸어서야 되겠냐?"

아무래도 구미호가 친구들까지 모조리 데려오라고 할 듯했다. 이젠 죽었다. 죽었다고 생각하니 갑자기 만용이 생겼다. 어차피 죽을 거 버둥거리기라도 해 보고 싶었다.

"선생님! 저희가 초등학생도 아니고, 식판 검사라니 너무하잖아요."

구미호도 뜻밖에 펼쳐진 반항에 당황했는지 눈을 동그랗게 뜨고 나를 바라보았다.

"먹든 말든, 자유 아닌가요?"

에라, 모르겠다. 갈 데까지 가 보자!

"자유? 자기 할 일은 하지도 않으면서 자유라고?"

구미호의 목소리가 칼날처럼 섰다.

아무래도 불난 집에 기름을 뿌린 듯했다. 연거푸 무리수를 둔 셈이었다. 오늘 내가 도대체 왜 이러지?

"내 참! 애들이 툭하면 자유래요. 자유가 어떻게 얻어지는 줄 알아? 목숨을 바쳐서 얻는 게 자유야! 책임을 다했을 때 주어지는 보상이 자유라고!"

날이 선 목소리가 시퍼런 기운을 내뿜으며 칼춤을 추었다.

"너희가 쌀농사를 지어 봤냐, 채소밭에 물 한 번 준 적이 있냐? 이 저녁밥이 만들어지는 데 조금이라도 기여한 게 있어? 너희는 편하게 놀고먹기만 하면서 어린애처럼 반찬 투정이나 하고 말이야! 그러면서 초등학생이 아니니 식판 검사 하지 말라는 말이 나와? 이 음식이 어떻게 너희들 입으로 들어가는지를 생각해 봤다면 이런 짓은 안 하지. 자기가 하는 짓이 뭔지도 모르는 게 진짜 죄야. 도둑질이나 강도나 폭행만 죄가 아니야. 죄인한테 자유가 어딨어? 안 그래? 그리고……."

그리고를 붙이고 더 잔소리를 이어 가려던 구미호가 갑자기 고개를 획 돌렸다.

"어쭈! 이것들 봐라!"

구미호가 나에게 정신이 팔린 사이에 다른 애들은 살금살금 남은 음식을 버리고 빠져나가고 있었는데, 구미호는 귀신같이 그걸 알아챘다. 아무래도 우리들이 못 보는 촉수가 수십 개는 달렸나 보다.

"송인욱! 오늘 재수 좋은 줄 알아! 너 내일 다시 보자."

구미호는 나를 무섭게 째려보고는 음식을 남기고 몰래 빠져나가는 애들을 모조리 그 자리에 세웠다. 구미호에게 붙잡힌 애들은 오들오들 떨면서 몸을 움츠렸고, 나는 오그라든 간을 달래며 남은 음식을 버리고 재빨리 자리를 떴다.

교실까지 뛰어오고 나니 다리에 힘이 하나도 없었다.

"오, 살아남았네!"

"가~안은 괜찮냐?"

병수와 민수는 걱정하는 척만 하고는 낄낄거렸다.

"네 덕분에 안 걸렸어. 고마워!"

"나도!"

선경이와 주희였다. 그러고는 둘은 빙그레 웃었다.

"고마우면 나중에 보답이나 해."

나는 의자에 털썩 주저앉았다.

"구미호한테 대들기까지……, 네 배가 왜 튀어나왔나 했더니 가~안이 아~~주 부어서 그랬구나!"

병수는 볼록한 내 배를 쓰다듬으며 구미호 말투를 흉내냈고, 애들은 박수 치고 책상을 두드리며 깔깔거렸다.

"곧 밖으로 가~안이 삐져나올지 모르니, 그때는 119나 빨리 불러 줘."

"구미호를 불러야지. 가~안 드시라고."

몇 번 우스개를 주고받으며 웃었더니 구미호에게 짓눌렸던 기분이 풀리고, 다리에도 힘이 들어왔다.

"그나저나 시간도 없는데 빨리 하자. 병수 너 노트북 가져왔지?"

"노트와 북은 가져왔는데, 노트북은……!"

"헛소리 그만하고."

내가 병수 옆구리를 쿡 찔렀다.

"앗! 내 가~~~안!"

다시 웃음이 터졌고, 내가 입을 씰룩거리자 병수는 노트북을 꺼냈다. 선경이도 노트북을 꺼냈다.

우리는 영어 수행평가로 제시된 동영상 과제를 하기 위해 모였다. 다섯 명이 한 모둠이 되어 동영상을 만드는 과제인데 모여서 함께할 시간이 별로 없었다. 이 과제를 내주신 우리 영어 선생님이 바로 구미호다. 구미호는 동영상 제작 과제를 내주면서 야간 자율학습 때는 절대 하지 말라고 선언했다. 야간 자율학습이 끝나면 기숙사 자기주도 학습 시간인데, 그 시간에는 남학생과 여학생이 모이는 게 금지되어 있다. 기숙사에서 생활하는 나 같은 학생은 동영상 작업을 하려면 쉬는 시간에 짬을 내서 하는 수밖에 없다. 야간 자율학습 시간이 7시부터라 여유가 별로 없었다.

우리는 빠르게 구성을 짜고, 각자 할 일을 나눴다. 다른 모둠 같으면 제대로 안 하는 친구가 꼭 한두 명씩 있어서 모임이 매끄럽지 않은 경우가 많다. 다행히 우리 모둠은 모두가 적극 참여해서 생각보다 빨리 역할 나누기까지 마무리되었다. 모임에서 결정한 내용과 각자 할 일을 병수가 노트북으로 정리를 할 때였다. 다시 저녁 급식 이야기가 화제로 올랐다.

"오늘 저녁 급식, 좀 심각하지 않았냐?"

"좋을 때는 정말 좋은데……."

"망가지면 한없이 망가져."

"어제는 그래도 먹을 만하던데……."

"어제는 삼킬 수는 있었지."

그렇게 투덜거리다, 주희 입에서 그 낱말이 튀어나왔다.

"자메이카 통닭이 나왔을 때는 천국 같았는데……. 바삭하게 구운 닭 다리에 매콤한 양념을 듬뿍 바르고, 이름도 본새 나게 자메이카 통닭이라니!"

가뜩이나 저녁 급식을 제대로 먹지 못해 배고파 죽겠는데 통닭이라는 낱말이 내 허기를 제대로 건드렸다. 물론 자메이카 통닭이란 말에 나만 자극을 받은 건 아니었다.

선경이는 턱을 괴더니 몽롱한 눈길로 천장을 보며 공상에 빠져들었다.

"바삭하고 부드러운 살코기를 한입 싹 베어 먹고, 탄산음료 한 잔을 시원하게 마시면, 입안 가득 퍼지는 그 달콤함과 청량감이란……!"

천장에 바삭한 프라이드치킨이 아른거렸다.

"탄산음료에는 양념을 부드럽게 입힌 날개 살이 최고지."

주희가 선경이가 한 말을 받아쳤다.

매콤한 양념으로 버무려진 치킨 날개가 불빛 아래서 파닥거렸다.

"나는 부드러운 양념보다는 더 매콤하고 강하게 입맛을 건드리는 양념이 좋아."

노트북을 만지던 병수도 끼어들었다.

"야, 너는 빨리 정리나 해."

민수가 병수를 막아섰다. 그러면서 민수는 자기가 좋아하는 치킨을 꺼냈다.

"치킨 하면 빨간치킨이지."

빨간치킨이라니, 처음 들어 보는 이름이었다.

"빨간치킨?"

"처음 들어 보는데?"

"헐, 빨간치킨을 몰라?"

민수 눈빛이 반짝였다.

"빨간치킨은 우리 집 앞에 있는 치킨가게 이름이야. 체인점이기는 하지만 가게 수가 얼마 안 되는 것 같아. 빨간치킨에서는 닭을 아주 큰 솥에 넣고 튀겨. 그래서 그런지 몰라도 다른 치킨보다 훨씬 고소해."

혀가 미친 듯이 날뛰었다.

"무엇보다 양이 정말 풍성해. 다른 치킨가게는 한 마리 시키면 우리 가족 네 명이 먹기에 모자라서 두 마리는 시켜야 해. 그런데 빨간치킨은 양이 아주 많아서 딱 한 마리만 시켜도 넷이 충분히 먹을 수 있을 만큼 넉넉해."

"에이, 그게 말이 돼? 한 마리를 어떻게 넷이 먹냐?"

병수가 핀잔을 주었다.

"이만한 봉투에 한가득이라니까."

민수는 자기 배만한 크기를 두 손으로 만들고는 얼굴 표정으로 크기를 표현하려고 애썼다.

"우리 누나가 치킨에 미쳤잖아. 우리 누나가 치킨을 시킬 때 다른 곳에서는 두 마리를 시키는데 빨간치킨에서는 한 마리만 시켜."

"에이, 그냥 양만 많나 보네. 맛은 별로겠다."

주희였다.

"아냐! 양도 많고 맛도 좋아."

민수는 마치 빨간치킨 가게 직원이라도 되는 듯 빨간치킨을 적극 옹호했다.

"민수 너야 늘 양이 중요하지. 나는 양보다 맛이야. 치킨은 튀겨야 맛이고, 튀길 때는 기름이 중요해. 신선한 올리브유로 튀긴 치킨이 맛도 좋고, 몸에도 좋아. 그래서 그런지 몰라도 나는 올리브유로 튀긴 치킨을 가장 좋아해. 올리브유로 튀긴 치킨을 즐겨 먹어서 그런지 몰라도 이제는 다른 기름으로 튀긴 치킨을 먹으면 입에 안 맞더라."

"큰 솥으로 튀긴 빨간치킨은 맛도 최고라니까. 큰 솥에서 강한 압력으로 만들어 낸 맛은 뭐라 설명할 수 없는 오묘함이 있어."

올리브유로 튀긴 치킨과 큰 솥으로 튀긴 치킨 가운데 어느 쪽이 더 맛있느냐를 두고 논쟁을 벌이는데, 선경이가 또 다른 치킨을 들고 논쟁에 뛰어들었다.

"나는 닭강정이 좋아. 닭강정은 뼈가 없고, 한입에 먹기 좋잖아. 다른 치킨은 발라 먹어야 하는데 닭강정은 이렇게 그냥 바로 입에 쏙……."

선경이는 볼펜을 젓가락처럼 쥐더니 닭강정을 먹는 시늉을 했다.

내 입에 닭강정이 들어온 듯 입과 혀가 저절로 움직였다. 속절없이 고인 침은 갈 곳을 찾지 못하고 떠다니다 쓸쓸한 그리움만 간직한 채 목구멍으로 넘어갔다.

"나는 구운 떡을 양념에 버무려 먹는 걸 좋아하는데 닭강정은 그 모든 걸 다 갖추었어. 아무리 봐도 닭강정은 세상에서 가장 완벽한 음식이야."

선경이 말에 따라 내 배가 미친 듯이 요동을 쳤다.

"큰 솥이라니까."

"아냐, 올리브유가 진리야."

"아냐, 아냐, 닭강정이야."

주희, 민수, 선경이는 가장 맛있는 치킨이 무엇인지를 두고 논쟁을 벌였다. 병수는 촉박한 시간에 맞춰 모둠 내용을 정리하느라 더 이상 대화에 끼어들지 못했고, 나는 또 다른 이유로 논쟁에 끼어들지 않았다.

내가 보기에 애들이 하는 이야기는 모두 맞기도 하지만 모두 틀린 말이기도 했다. 치킨은 각자 고유한 맛이 있고 매력이 있다. 그러니

취향에 따라 좋아하는 게 다르다. 그렇지만 나에게 모든 치킨은 맛있다. 어떻게 맛없는 치킨이 세상에 있을 수 있단 말인가? 튀기는 방법이 어떠하든, 양이 어떠하든, 한 조각 크기가 어떠하든, 모든 치킨은 맛있다. 그게 진리다.

"휴, 치킨 훼방꾼들을 뚫고 겨우 끝냈네."

병수가 노트북을 덮었다.

"각자 맡은 일은 문자로 보냈어. 내일 다시 모일 때까지 각자 맡은 거 꼭 해 오고."

치킨은 그렇게 허공에서 간절함과 그리움만 남기고 사라졌다.

"야, 빨리 가자! 벌써 7시 다 됐어."

배달통을 빼앗고 싶은 충동

"다시 강조하는데, 야자 때 수행하지 마라! 지금은 학습하는 시간이지, 수행평가하라고 준 시간이 아니니까."

구미호는 수업 시간에도 야자 때 수행하지 말라고 그렇게 강조하더니, 야자 시간이 되자마자 들어와서 이 소리를 하고 나갔다. 야자 때 말고는 같은 모둠끼리 함께 준비할 시간이 없다고 따져 봐야 귓등으로 듣지도 않을 구미호였기에 아무도 항의를 안 했다. 눈치껏 안 들키고 하는 수밖에 없었다.

일단 수학 문제집을 폈다. 십여 분도 지나지 않았는데 지루하고 졸렸다. 이럴 때는 과목을 바꾸는 게 낫다. 얼른 영어로 바꿨다. 다시 십여 분을 했는데 또 졸음이 몰려왔다. 국어로 바꿨다. 이번에는 펴자마자 졸렸다. 기지개를 켰다. 혹시나 구미호가 지나가나 창밖을 살폈는

29

데 아무런 낌새가 없었다. 그래도 애들은 조용했다. 자는 애들도 없었다. 평소에 구미호한테 하도 많이 당해서 다들 알아서 공부하는 분위기였다.

당장 시험도 없으니 긴장감마저 떨어졌다. 날씨도 노곤해서 몸이 축축 처졌다. 무엇보다 배가 무척 고팠다. 밥도 많이 못 먹은 데다 치킨 이야기로 혀와 위장을 자극한 탓이었다. 아무리 치킨을 머릿속에서 지우고, 공부에 집중하려고 해도 뜻대로 되지 않았다. 나는 다시 한번 복도 쪽을 살피고는 수행에서 내가 맡은 부분을 작업하기로 마음먹었다. 공부도 안 되는데 멍하니 시간을 보내기보다 그나마 집중할 수 있는 동영상 작업을 하는 게 나을 듯했다. 내 역할은 동영상에 들어갈 대사를 준비하는 것이다. 동영상 각 대목에 맞춰 대사를 하나씩 떠올리며 써 내려갔다.

"아휴, 깜짝이야! 너 좀비라도 되냐?"

구미호 목소리였다.

깜짝 놀라 얼른 대사를 쓰던 공책을 문제집 아래로 집어넣었다.

"자세 똑바로 안 해!"

"에이, 목 운동인데요."

병수였다. 병수는 짓궂게 웃으며 목을 좌우로 크게 움직였다. 움직일 때마다 목이 어깨에 거의 붙었다 떨어졌는데, 언뜻 보기에도 목이 90도로 꺾였다가 제자리로 돌아오는 착각을 일으켰다. 구미호가 지나가다 보고 깜짝 놀란 모양이었다.

"어쭈! 자세가 공부인 것도 몰라! 공부는 바른 자세로 해야지. 흐트러진 자세에서 뭐가 되겠어."

"옆으로 안 되면 앞으로는 되나요?"

병수는 입술과 눈꼬리와 볼을 최대한 아래로 내리더니 고개를 삐죽 내미는 시늉을 했다.

"어휴, 이런 닭 모가지를 그냥 콱!"

구미호는 병수 목을 비트는 시늉을 했고, 병수는 얼른 목을 반듯하게 돌렸다. 구미호 앞에서 장난을 치고, 농담을 던지는 학생은 우리 학교에서 병수밖에 없다. 그 뻔뻔함과 유쾌함은 아무래도 천성이다.

닭 모가지라는 말을 들으니 애써 눌렀던 치킨 생각이 다시 수면 위로 떠올랐다. 치킨은 내게 늘 기쁨이지만 어떤 때는 나를 지옥으로 몰아넣기도 하는데, 바로 이런 때였다. 미치도록 끌리는데 단 한입도 먹을 수 없는 순간은 내게 지옥과 다름없었다.

중학교 1학년 때였다. 수학학원이 끝나고 집에 오는 길에 치킨가게가 여러 개 있었다. 문을 닫아 놓아도 거리에는 냄새가 진동하는데, 문까지 열어 놓고 영업을 하는 가게가 대부분이었다. 냄새가 배고픈 나를 유혹하는데 주머니에 돈이 없을 때, 그 순간에는 장발장이 되어 치킨을 훔치고 싶은 욕망이 끓어올랐다. 학교 수업 중에 도덕 시간이 없었다면 나는 진작에 치킨 도둑이 되어 소년원에 들락거렸을지도 모른다.

그보다 더 괴로운 순간은 승강기에서 치킨 배달부를 만났을 때다.

밀폐된 승강기 안에 오직 치킨 냄새와 나만 존재한다. 제발 나와 같은 층으로 가기를, 내가 오는 시간에 맞춰 엄마나 아빠가 치킨을 미리 시켜 놓았기를 간절히 바란다. 내가 누른 층과 다른 숫자를 누르는 배달부를 보면 치킨을 빼앗고 싶은 충동을 누르느라 주먹을 몇 번이나 쥐었다 펴야 한다. 달콤하고 고소한 냄새만 남기고 바람이 되어 사라지는 치킨은 고문보다 지독한 고통만 남길 뿐이다.

배달부 손가락과 내 손가락이 같은 층을 눌렀을 때 샘솟는 기쁨이란 상상 그 이상이다. 승강기 안에서 냄새만 맡아도 치킨이 입에 들어온 듯 행복하다. 내가 내리는 층에 배달부도 함께 내린다. 나는 참을 수 없는 기쁨을 가득 담아 우리 집 쪽으로 총총 걸음을 내딛는다. 당연히 배달부가 따라와야 하는데, 나를 따라오는 낌새가 없다. 어찌 된 일인지 궁금해 고개를 돌리자 배달부는 옆집 현관문 벨을 누르며 이렇게 외친다.

"치킨이요~."

눈물이 핑 돈다. 내 치킨을 몽땅 도둑맞은 박탈감이란…….

내 생애 그렇게 슬픈 날은 단 한 번도 없었다. 배달통을 빼앗고 싶은 충동이 그때만큼 미쳐 날뛸 때는 결단코 단 한 번도 없었다.

"바른 자세로 해."

구미호는 반 전체를 훑어보며 큰 소리를 질렀다.

구미호가 내지른 괴성이 워낙 날카로워서 아련하게 피어오르던 아쉬움이 먹고 남은 치킨 뼈처럼 쓰레기통으로 사라졌다.

"자세가 흐트러지면 마음이 흐트러지고, 자세를 바르게 하면 마음
도 잡히는 거야. 알았습니까?"

구미호가 늘 하는 잔소리 가운데 하나다. 지긋지긋하다. 하루 내내
앉아만 있는데 저녁 시간에도 바른 자세로만 앉아 있으라니 가당찮
은 소리다. 조금이라도 몸을 비틀고 틀어야 그나마 견뎌 낼 힘이 생긴
다. 다들 나와 같은 생각이겠지만 겉으로 드러내지는 않는다. 애들은
"네!" 하고 크게 대답하고는 구미호에게 트집을 잡히지 않을 만한 자
세를 잡았다.

아무튼 병수 덕분에 지루함을 털고 집중력도 올라왔다. 나는 문제
집을 조금 거들떠보다가 다시 수행을 준비하는 공책을 꺼냈다.

'치킨'

공책을 펴고 내가 처음 쓴 단어였다. 쓸 의도는 없었는데 손이 알
아서 움직였다. 수행 준비를 하려고 굳게 마음먹었는데 치킨이 내 머
리와 손을 점령해 버렸다.

나는 치킨을 아주 좋아한다. 아니 사랑한다. 내가 처음으로 치킨
세상에 뛰어든 때는 여섯 살이다. 그때는 치킨도 그냥 여러 고기 가운
데 하나일 뿐이었다. 치킨이 다른 고기보다 특별히 끌리지도 않았다.
중학생이 되면서 치킨은 나에게 새롭게 다가왔다. 김춘수 시인이 지
은 「꽃」에 나오는 구절처럼 치킨은 나에게로 와서 꽃이 되었다. 정직

하게 표현하자면 꽃이 아니라 '살'이 되었다.

치킨은 중학생 때부터 내 몸으로 물밀 듯이 침투했다. 초등학생 때까지는 엄마가 치킨을 사 줘야 먹을 수 있었지만 중학생이 되면서 상황이 바뀌었기 때문이다. 중학생이 된 기념으로 외할아버지께서 두둑히 돈을 챙겨 주셨다. 꽤 큰돈이었는데 부모님은 내게 그 돈을 알아서 쓰라고 하면서 간섭하지 않으셨다. 내가 허투루 돈을 쓰지 않는다고 믿어서 그러셨는지, 아니면 스스로 관리하면서 돈 쓰는 법을 익히라는 뜻이었는지는 잘 모르겠다. 아무튼 내 수중에 큰돈이 들어왔다. 학원에서 돌아오는 길에 늘어선 치킨가게가 내뿜는 유혹과 때마침 솟아오른 왕성한 식욕과 하늘을 향해 뻗어 나가는 성장기가 맞물리면서 툭하면 치킨을 사 먹었다. 이틀 내리 먹는 경우도 부지기수였고, 혼자서도 가뿐하게 한 마리를 먹어 치웠다.

치킨을 흡입할수록 달라붙는 살은 전혀 마음에 두지 않았다. 그 덕분에 키도 빨리 컸지만 옆으로도 몸이 부풀어 올랐다. 중3이 막 되었을 때 초등학교 친구를 만났는데 그 친구가 처음에는 나를 아예 못 알아볼 정도였다. 이러다 큰일나겠다 싶어서 중3 때 조금 자제를 했고, 살이 조금은 빠졌지만 여전히 치킨으로 쌓인 살은 내 몸속에서 잘 지낸다. 내 몸을 이루는 건 80%가 치킨이다. 그러니 치킨이 곧 나다. 몸매가 잘 빠진 내 또래 남자들을 볼 때마다 망가진 내 몸매가 안타깝다. 그렇지만 안타까운 순간에도 치킨을 자제하지 못한 나 자신을 탓하지 치킨을 탓한 적은 없다.

머리카락을 손가락으로 움켜쥐었다. 한 움큼씩 쥐고 잡아당기면서 치킨 생각을 빼냈다. 힘을 많이 준 탓에 머리 살갗이 꽤나 아팠다. 아픔은 치킨에 빠져들던 생각을 다시 현실로 돌려놓았다. 힘들게 치킨을 털어 내고 다시 수행평가 준비에 몰두했다. 치킨이 또다시 뇌리로 파고들까 봐 모든 에너지를 쥐어짜서 내 앞에 놓인 과제에 집중했다.

"이럴 줄 알았어."

다시 구미호 목소리가 들려 화들짝 놀랐다. 재빨리 공책을 문제집 아래에 숨기고 연필을 놀려 문제를 푸는 척했다.

"야자 때 수행하지 말라고 그렇게 말했는데, 아예 노트북까지 꺼내 놓고 당당히 한다 이거지?"

교실은 종이 넘기는 소리조차 들리지 않았다. 교실 밖 운동장에서 닭이 모이를 쪼아 먹으면 그 소리마저 들릴 듯했다.

'누가 걸린 거지?'

궁금했지만 고개를 들어 쳐다보지는 않았다.

이럴 때 고개를 돌렸다가 구미호 눈과 마주치면 잔소리 폭탄을 얻어맞기 때문이다. 구미호는 지진이나 화재로 대피하는 상황이 아니라면 옆에서 무슨 일이 벌어지더라도 공부에 집중하라고 강조한다. 조금이라도 흐트러지면 자세가 어떻다는 둥, 마음가짐이 굳세지 못하다는 둥 하면서 괴롭힌다. 누가 걸렸는지 궁금했지만 꾹 참고 문제를 푸는 척했다. 물론 귀는 구미호 쪽으로 바짝 세워 놓았다.

노트북이 '탁~' 하고 닫히는 소리가 들렸다.

"아이, 쌤~!"

병수였다.

잔소리 들을 각오를 하고 고개를 들어 병수 자리를 봤다. 구미호가 병수가 쓰던 노트북을 빼앗는 모습이 보였다.

"그래도 이건 아니죠. 학생에게서 노트와 북을 빼앗으면 공부는 어떻게 하라고……."

그 상황에서도 병수는 말장난을 쳤다.

"공책은 여기 있고, 책도 여기 있네."

구미호는 병수 가방에서 공책과 책을 꺼내더니 책상에 올려놓았다.

"자, 이제 노트와 북에게 안녕이라고 인사하고, 공책과 책으로 공부하세요. 유병수 학생!"

"쌤~! 노트북 없으면 수행 못 하는데……."

병수가 애원조로 말했다.

"24시간 동안 노트북과 헤어져서 지낼래, 아니면 벌점 3점에 봉사활동 3시간 받을래?"

구미호는 징그러운 웃음을 지으며 노트북을 든 손을 흔들었다.

병수는 위아래 입술을 모아 삐죽이 내밀더니 왼손을 슬쩍 들어 좌우로 흔들었다.

"잘 가~ 노트북! 내일 보자. 흑흑!"

구미호는 노트북을 겨드랑이 사이에 끼고 교실을 쭉 훑어보았다. 나는 구미호와 눈이 마주치지 않으려고 얼른 고개를 숙였다.

"내가 늘 말하지! 주어진 조건을 탓하며 핑계 대지 말고, 주어진 조건을 어떻게 뚫고 나갈지를 먼저 생각하라고. 의지가 나약한 사람은 하지 못하는 이유부터 찾지만, 의지가 강한 사람은 꼭 해야 할 이유만 생각하는 법이야. 야자 때 수행 못 하게 하니 수행할 시간이 모자라다는 핑계나 찾는 의지로 무슨 일을 해내겠어? 그런 사람은 조금만 어려운 상황이 와도 하지 못하는 핑계부터 찾게 될 거야. 조건은 동일해. 모두 야자 때 수행하는 건 금지야! 규칙을 어기지 마! 편법을 쓰지 마! 규칙을 지키면서 해낼 수 있는 방법을 찾아!"

강렬한 힘이 실린 연설을 남기고 구미호는 교실 뒷문으로 사라졌다.

"아~ 망했다."

병수가 몸을 축 늘어뜨렸다.

안타깝게도 병수만 망한 게 아니다. 나도 망했다. 병수 노트북 안에 우리 모둠 수행 자료가 몽땅 들어 있기 때문이다.

"너무하네, 정말!"

기숙사로 가면서 투덜거렸더니 병수는 그 상황에서도 농담을 했다.

"너~ 무 해. 나는 당근으로 할게."

학교는 구미호, 기숙사는 B사감

야간 자율학습을 마치자마자 기숙사로 뛰어왔다. 기숙사 현관 옆에 자리한 재활용품 수거함을 정리하는 그림자가 보였다. 분리수거함을 깔끔하게 정리한 그림자는 발을 절뚝이며 현관 쪽으로 몸을 돌렸다. 남자 기숙사 사감이었다. 사감과 마주치지 않으려고 나는 빠른 걸음으로 기숙사 안으로 들어갔다.

지금 사감은 5월에 새로 왔다. 새로 온 사감은 그 이전 사감보다 훨씬 까다로웠다. 쓰레기통을 안 비워도 청소 불량으로 벌점을 주고, 급한 마음에 복도에서 살짝 뛰어도 소란 행위라며 벌점을 주고, 자습을 하다 졸려서 잠깐 잠을 자도 벌점을 주었다. 조금 재수 없고 상태가 안 좋은 날이면 하루에 벌점 10점을 넘게 받는 경우도 있었다. 벌점 감면 제도가 없었다면 아마 기숙사가 텅텅 비었을지도 모른다.

내게 가장 거슬리는 규칙은 바로 치킨 금지 규정이었다. 올해 4월까지만 해도 치킨을 어렵지 않게 시켜 먹었다. 규정으로는 스마트폰을 기숙사에서 쓰지 못하도록 했지만 단속이 심하지 않아 몰래 쓰는 애들이 많았다. 스마트폰이 있었기에 기숙사에서도 주문이 가능했다.

주문을 한 뒤에 시간을 정해서 기숙사 밖으로 나간다. 기숙사에서 조금 나가면 주차장이 있는데 그곳이 접선 장소다. 주차장에 가면 시간에 맞춰 치킨을 배달하는 차가 오는데 겉에 광고 글씨가 전혀 없다. 은근슬쩍 다가가 자동차를 바라보면 차문이 열리면서 아저씨가 고개를 내민다. 눈빛을 교환한 뒤 "맞죠?" 하고 물으면 아저씨는 고개를 끄덕이고는 주문 내용과 마릿수를 확인한다. 첩보원들이 접선을 하듯 서로를 확인하고 나면 돈은 건너가고 치킨은 내 손에 들린다. 치킨을 미리 준비한 가방에 넣고 아무렇지 않게 기숙사 정문을 지난다. 밤이면 가방을 메고 기숙사를 빠져나와 주차장을 오가는 애들이 꽤나 많았다. 그 당시 사감 선생님은 가방에서 치킨 냄새가 나도 그냥 눈감아 주었고, 치킨을 먹은 흔적을 발견해도 벌점을 주지 않았다.

여학생 기숙사에서도 주문을 많이 해서 먹었다. 여학생들이 치킨을 거래하는 방식은 남학생들과 달랐다. 남학생들은 주차장에서 배달부를 직접 만나 치킨을 거래하지만 여학생들은 밖으로 나오지 못했다. 여자 기숙사 사감 선생님이 9시 30분 이후 외출은 엄격하게 금지했기 때문이다. 그래서 여학생들은 기숙사에 그대로 머문 채 치킨을 시켜 먹는 방법을 썼다. 여학생들이 기숙사에서 치킨을 주문하면 배달부가 직접 기숙사 뒤편으로 온다. 배달부가 오면 창문에서 긴 줄이 내려온다. 줄 끝에는 돈이 묶여 있는데, 배달부는 돈을 확인하고 치킨을 줄에 묶어서 올려 보낸다. 사감이 아무리 정문을 통제하고, CCTV로 감시해도 기숙사 뒤편에서 교묘하게 거래를 하기에 걸리지 않았다.

일요일 저녁에 기숙사에 들어와서 금요일 밤에 집에 가는 생활을 하다 보니 기숙사 생활이 힘들고 답답하다. 바깥 생활이 그립고, 학교도 공부도 지겨울 때가 많다. 그 답답함과 지겨움을 위로해 주고 즐거움을 주는 가장 가까운 벗이 바로 치킨이었는데, 5월에 남학생 기숙사 사감 선생님이 새로 오면서 상황이 완전히 바뀌었다.

남자 기숙사에 새로 온 사감 선생님 이름은 '방기훈'이다. 몇몇을 빼고는 새로 온 사감 선생님을 다들 싫어한다. 별명이 여러 개인데 보통은 성을 따서 'B사감'이라고 부른다. 「B사감과 러브레터」란 소설에 나오는 미친 B사감이 남자 모습을 하면 바로 방기훈 사감일 것이다. 방기훈이란 이름 때문에 방귀가 연상되고, 하는 짓이 감옥에서 죄수를 감시하는 간수와 닮은 듯해서 '방귀간수'라고 부르는 애들도 많다. 몇몇은 '스크랫'이라고도 부르는데 영화 〈아이스에이지4〉에 나오는 다람쥐 이름인 스크랫에서 따온 별명이다. 영화 속에서 다람쥐 스크랫은 도토리를 끈질기게 쫓아다니는데 그 바람에 5대양 6대주가 생긴다. 방기훈 사감은 깐깐하고 집요하기가 스크랫 못지않다. 무엇보다 톡 튀어나온 입술과 살짝 찢어진 눈매가 스크랫과 매우 닮았다.

B사감, 방귀간수, 스크랫은 방기훈 사감이 우리에게 어떤 존재인지 잘 보여 주는 별명이다.

B사감이 온 뒤에도 우리는 늘 그렇듯이 치킨을 시켜 먹고, 방에서 스마트폰을 쓰고, 과자와 라면을 쌓아 두고 먹었다. 며칠 동안 B사감은 우리를 그냥 지켜보기만 했다. 그러던 어느 날 선배들이 모여 치킨을 먹고 있는데, 생활실 문이 갑자기 열리고 B사감이 들이닥치더니 치킨을 빼앗아 갔다. 주차장에서 치킨을 받아서 오던 학생들 몇 명이 현관에서 걸렸고, 모두 치킨을 압수당했다. B사감은 치킨 금지령을 내렸다. 금지령을 내린다고 그대로 따를 우리들이 아니었다. 우리는 여학생들과 같은 방식을 써서 치킨을 시켜 먹었다.

그러다 또다시 한밤중에 B사감이 치킨을 먹고 있던 어떤 방에 들이닥쳤다. 그날 밤, B사감은 우리 학교 기숙사로 배달을 오는 모든 치킨가게에 전화를 걸어 학생들 주문은 일절 받지 말고 거절해 달라고 요구했다. B사감이 강력하게 요구했지만 오랫동안 학생들에게 치킨을 팔아 온 가게들로서는 받아들이기 힘든 요구였다. 가게들이 B사감 뜻에 따르지 않자 B사감은 기숙생들과 치킨가게를 이어주는 통신망을 끊어 버렸다. 바로 휴대전화에 대한 단속을 강력하게 시행한 것이다. 기숙사에 들어올 때 휴대전화를 반납하라는 규정이 있었지만 거의 지키지 않았는데, B사감은 규정대로 휴대전화를 모조리 내도록 했다. 휴대전화를 내지 않았다가 걸리면 바로 벌점을 주었고, 학생들이 마음대로 쓰던 기숙사 Wi-Fi도 막아 버렸다. 남학생 기숙사에서 벌어진 치킨 전쟁은 여학생 기숙사에도 영향을 끼쳐서 여학생들도 더는 치킨을 시켜 먹을 수 없게 되었다.

치킨이 끊기자 기숙사에서는 라면과 과자 수요가 폭발했다. 평일에는 과자나 라면을 사 오기 어려웠지만, 집에 갔다가 돌아올 때 가방에 과자와 컵라면을 잔뜩 숨겨서 들어왔다. 아무리 B사감이라도 그것까지 막을 수는 없었다. 과자를 먹을 때는 소리가 날까 봐 이불을 뒤집어쓰고 입안에서 녹여 먹었다. 포장지를 뜯을 때도 소음을 없애기 위해 가위를 썼고, 다 먹고 나면 냄새를 빼기 위해 창문을 활짝 열었다. 3학년들은 1·2학년보다 자습을 오래하고 내려오는데 그때 맞춰서 과자를 먹는 경우도 많았다. 라면도 즐겨 먹었는데 라면을 먹을 때는 과자를 먹을 때보다 더 주의를 기울여야 했다. 우리 기숙사는 4인 1실로 방마다 화장실이 따로 있는데, 라면은 화장실 안에서 먹었다. 라면은 냄새가 강해서 방에서 먹으면 들킬 가능성이 높기 때문이다. 화장실 안에서 컵라면을 먹고, 샴푸와 목욕제를 잔뜩 뿌리면 라면 냄새가 지워진다.

안타깝게도 그런 생활도 그리 오래가지 못했다. 한밤중에 B사감이 불쑥 문을 열고 들어오는 경우가 많았고, 아무리 주의를 해도 들킬 수밖에 없었다. 과자와 라면을 먹다 몇 번 걸리는 일이 생기자 B사감은 일요일 밤에 학생들이 들어오면 방을 철저히 검사해서 라면과 과자를 모조리 압수해 버렸다. B사감은 우리들이 구석구석에 숨겨 둔 과자와 라면을 귀신같이 찾아냈다. 밤에 방문을 예고 없이 열고 들어오는 경우도 잦아졌다.

단속을 해도 끊임없이 위반자가 나오자 B사감은 그 이전까지 유명무실했던 벌점제를 규정대로 시행했다. 그 이전까지 기숙사에서는 도난이나 폭행, 왕따처럼 심각한 문제가 생기지 않으면 퇴소 조치를 하지 않았는데, B사감이 온 뒤로 벌점으로만 퇴소당하는 학생이 다섯 명이나 생겼다. 첫 퇴소는 6월쯤에 벌어졌다. 2학년 선배는 그때까지 벌점이 28점이었는데 휴대전화를 몰래 쓰다가 걸려서 퇴소 조치를 당했다. 최상위권 학생이었기에 교장 선생님까지 나서서 눈감아 달라고 했지만 B사감은 규정대로 밀어붙였고, 교장 선생님은 마지못해 승인했다.

여름방학을 앞두고 또다시 2학년 선배 두 명이 한꺼번에 퇴소를 당했다. 공동 화장실에서 새벽에 몰래 라면을 먹다 들켰는데, 두 선배는 화장실 배관함에 몰래 라면을 숨겨 두고 오랫동안 라면을 먹어 온 것이 드러났고, B사감은 라면 개수만큼 벌점을 주었다. 벌점이 30점을 훨씬 초과하자 곧바로 퇴소 조치를 했다. 그런데 퇴소자 가운데 어머니가 학교운영위원장인 선배가 있었다. 운영위원장이 학교로 출동했고 교장도 B사감에게 자원봉사 수준에서 끝내라고 요청했지만, B사감은 물러서지 않았다. 교장과 운영위원장은 화도 내고, 협박도 하고, 설득도 했지만 B사감은 요지부동이었다. 운영위원장은 화가 잔뜩 났지만 '규정을 어겼는데도 운영위원장 아들이어서 특권을 주었다는 오해를 받고 싶지 않다'고 B사감이 맞서자 물러설 수밖에 없었다.

2학기 개학 뒤에 벌어진 일은 학교를 뒤집어 놓았다. 선배 두 명이 한밤중에 무단으로 기숙사를 탈출한 뒤 편의점에서 라면을 먹고 들어오다 B사감에게 걸렸고, B사감은 바로 퇴소 조치를 했다. 문제는 퇴소당한 선배들이 곧 수능시험을 볼 고3이었다는 점이다. 퇴소당한 고3 선배들 학부모가 학교에 찾아와서 '우리 아들 인생 망칠 일 있냐'면서 거세게 항의했고, 난처해진 교장 선생님이 B사감에게 퇴소 조치를 취소하라는 지시를 했다. 그러나 B사감은 규정에 따라야 한다고 고집을 부렸고, 이번에는 교장 선생님도 그대로 두지 않았다. 무조건 지시를 따르라면서 언쟁을 벌였는데 언쟁이 사감실에서 벌어진 탓에 학생들도 그 다툼을 모두 들었다. 교장 선생님은 전에 없이 강력하게 사감에게 지시를 무조건 따르라며 밀어붙였고, 고집을 부리던 B사감은 앞으로 벌점이 쌓여 퇴소당하면 이의를 제기하지 않겠다는 각서를 받는 조건으로 뒤로 물러섰다.

이런 상황이니 아무도 기숙사에서 야식을 먹을 엄두를 내지 못했다. 치킨과 라면뿐 아니라 과자도 모두 사라졌다. 기숙사에서 휴대전화를 쓰는 학생은 아무도 없었다. 강력한 벌점제 때문에 기숙사 면학 분위기는 더할 나위 없이 좋아졌다. 휴대전화와 야식이 끊기고, 떠들지도 못하게 하니 공부 외에는 할 게 없었기 때문이다. 야식이 끊기면서 나도 살이 조금 빠졌고, 종종 얼굴을 괴롭히던 뽀루지도 거의 사라졌다. 야식을 먹지 못하니 낮에 먹는 급식으로 최대한 배를 채울 수밖에 없어서 음식을 남기는 일도 거의 없었다.

이처럼 겉으로만 보면 B사감은 아주 훌륭한 결과를 만들어 냈다. 그러나 속사정은 달랐다. 야식이 끊기면서 나를 비롯해 친구들은 점점 짜증이 늘었다. 그전에는 야식에서 지겹고 답답한 기숙사 생활을 이겨 내는 힘을 얻었는데, 더는 풀 데가 없으니 미칠 것 같았다. 야자를 끝내고 기숙사로 이동할 때면 감옥에 제 발로 걸어 들어가는 죄수가 된 듯 비참했다. 아침에 일어나서 잠들 때까지 꽉 짜인 틀에 숨이 막혔다. 학교에는 구미호, 기숙사에는 B사감, 그 어디에도 자유는 없었다.

　이런 사정이 있기에 내가 B사감과 마주치지 않으려고 한 것이다. 나는 재빨리 2층 생활실로 올라가서 자기주도학습 시간에 공부할 문제집을 챙겼다. 그때 1층 현관 쪽이 소란스러웠다. 무슨 일인지 궁금해서 1층으로 내려왔다. 기숙사 입구에 친구들과 선배들이 잔뜩 모여 있었다. 소란 속에서 불만과 불평이 뒤섞인 낱말이 들끓었다. 가만히 들어 보니 게시판에 새로운 퇴소자 이름이 붙은 듯했다. 내가 들어올 때는 없었는데 그새 B사감이 새로운 게시물을 붙인 모양이었다. 군중을 헤치고 게시판으로 다가갔다. 게시판에는 B사감이 쓴 공고문이 붙어 있었다.

[퇴소자 알림]

다음 학생을 기숙사 운영규정 제14조에 따라 퇴소 조치함.

성명 : 양규민(1학년) : 벌점 31점

– 청소 불량 2회 : 4점

– 소란 행위 3회 : 6점

– 점호 불참 2회 : 6점

– 지각 입소 1회 : 3점

– 자기주도학습 불량 3회 : 12점

양규민은 나도 알고 지내는 사이다. 그리 친하지는 않은데 얌전한 성격이라는 건 안다. 규민이는 며칠 전에 입소 시간을 어기면서 벌점이 29점이 되었다고 잔뜩 걱정했다. 조금 전에 사감이 재활용품 수거함을 정리하는 모습을 보았는데 그게 혹시 양규민과 관련이 있을지도 모른다는 생각이 얼핏 들었다. 양규민은 집이 멀다. 기숙사에서 쫓겨나면 학교에 오는 게 심각하게 힘들어진다. 며칠 전에 입소가 늦은 것도 집이 멀어서였다. 벌점이 20점이 넘으면 재빨리 자원봉사를 신청해서 벌점 감면을 받아야 하는데 양규민은 그걸 못 한 모양이었다.

"안 들어가고 뭐하십니까?"

모기가 윙윙대는 소리보다 더 듣기 싫은 목소리, 바로 B사감이었다.

"기숙사 자기주도학습 시간이에요."

B사감은 단 한 번도 학생들에게 반말을 쓴 적이 없다. 당연히 욕도

안 하고, 소리를 크게 지르지도 않는다. 늘 높임말을 쓰고 차분하게 말한다. 인격을 모독하는 비난 따위는 절대 하지 않는다. 그런데 그게 더 싫다. 언제나 바른 소리만 하고, 당연하고 옳은 말만 늘어놓으니 더 거북하다. 그런 점에서는 차라리 구미호가 낫다.

"너무하시잖아요?"

1학년 기숙사 대표인 김태진이었다.

"이게 지금 옳은 결정이라고 생각하십니까? 규민이가 어긴 규정 가운데 기숙사를 혼란하게 하고, 생활을 문란하게 한 게 있습니까? 사소한 규정 위반이 몇 개 쌓여서 퇴소를 시킨다는 게 말이 안 되잖아요."

태진이는 정의감이 넘친다. 잘못을 보면 가만히 있지 않는다. 지난 4월 기숙사에서 일어난 일로 대자보가 붙었는데, 그것도 태진이가 주도했다. 지금은 전학을 갔는데 그 당시 기숙사에는 다리가 불편해서 목발을 짚고 다니는 친구가 있었다. 그 당시 사감이 다리가 불편한 학생을 조금 비하하는 발언을 했다. 김태진이 바로 옆에서 그 말을 듣고 항의를 했지만, 항의를 받고도 그 당시 사감은 사과를 하지 않았다. 그러자 김태진은 대자보를 써서 학교에 붙였고, 그게 SNS에 실리면서 방송국 기자가 찾아오기까지 했다. 그 때문에 교장 선생님이 아주 곤혹스러워했고, 학교가 한동안 시끄러웠다. 교장 선생님은 문제를 일으킨 사감을 내보내고, 다리 한쪽이 불편한 B사감을 새 사감 선생님으로 채용했다. B사감을 고용하자 언론은 즉각 이를 보도했고, 비판은 수그러들었다.

"규정은 지키라고 있습니다."

B사감은 차분하게 말했다.

"규정이 왜 있습니까? 기숙사 공동체가 원만하게 돌아가고, 기숙사에서 더 좋은 생활을 할 수 있도록 존재하는 것입니다. 그런데 사감 선생님이 마구잡이로 적용하는 벌점 때문에 학생들은 언제 걸릴지 몰라 벌벌 떨면서 눈치를 보고 삽니다. 이게 감옥이지 기숙사냐고 괴로워하는 학생이 대부분입니다."

역시 태진이다. 싸워서 이겨라!

"법은 지키라고 있습니다. 규정은 지키라고 있습니다. 있는 규정을 적용하는 게 잘못입니까? 있는 규정을 어기는 게 잘못입니까?"

태진이가 항의한다고 물러날 B사감이 아니었다. 교장 선생님과 싸워서도 물러나지 않던 B사감이 아닌가? B사감은 한쪽 다리를 절뚝거리며 한 걸음 앞으로 다가섰다. 둘러서 있던 학생들이 일제히 한 걸음 뒤로 물러났다.

"지금 당장은 빠듯한 규정이 불만일 수 있습니다. 밤에 치킨과 라면을 못 먹게 하니 짜증이 나겠지요. 방을 깔끔하게 정리해야 하고, 재활용 쓰레기는 때맞춰 버려야 하고, 복도에서 반듯하게 걸어야 하고, 공부할 때는 딴짓을 못 하니 답답하겠지요."

또다시 연설이다. B사감이 입을 열면 끝없이 논리가 이어진다. 아무리 쫓아도 윙윙거리며 귓가를 맴도는 모깃소리처럼 지긋지긋하게 펼쳐지는 연설이다.

"그러나 그 짜증과 답답함과 고통을 이겨 내면 남들이 오르지 못한 곳에 오를 수 있습니다. 작은 규정을 어기지 않고 지키는 굳센 의지가 큰 성취로 돌아옵니다. 작은 규정을 못 지키면서 어떻게 큰 규정을 지키고, 큰 성취를 이루겠습니까?"

B사감에게 가장 짜증나는 점이 바로 이거다. B사감 말을 들으면 뭔가 거슬리고 받아들이기 싫은데 딱히 반박할 논리가 없다. 논리는 짜임새가 탄탄하고, 우리들을 위하는 말뿐이다. 그래도 싫다. 그냥 싫다.

"고진감래(苦盡甘來)라 했습니다. 그러니 다른 소리 말고 지금 당장 올라가세요. 지금은 기숙사 자기주도학습 시간입니다. 늦으면 자기주도학습 태도 불량으로 벌점을 주겠습니다."

B사감은 우리가 잡을 수 있는 모기가 아니었다. 독수리보다 강력한 사냥꾼이었다. 그러나 태진이는 물러나지 않았다.

"이건 법을 빙자한 독재입니다."

태진이는 세게 나갔다.

"법은 사람을 위해 존재해야지, 법을 위해 법이 존재해서는 안 됩니다."

태진이 눈빛이 매섭게 빛났다.

"태진 학생과 저는 법을 바라보는 시각이 다르군요. 규정이 문제가 있다고 생각한다면 학교 측에 정식으로 이의 제기하세요."

B사감은 눈 하나 깜짝 않고 태진이 논리를 되치기 했다.

"그리고 지금, 태진 학생과 여러분은 기숙사 자기주도학습 시간을 어기고 있습니다. 자기주도학습 태도 불량이 벌점 몇 점인지는 아시죠?"

B사감 입에서 그 말이 나오자마자 애들은 재빨리 자리를 피했다. 물론 나도 도망치듯 빠져나왔다. 더 따지려고 들던 태진이도 친구들 손에 끌려 자습실로 가야만 했다.

수상한 기숙사의 치킨게임

갇힌 자들의 치킨 수다

기숙사 자기주도학습 시간을 마치고 생활실로 돌아왔다. 병수는 들어오자마자 씻으러 들어가고 나는 그대로 침대 위에 쓰러졌다. 배가 고파서 서 있을 힘도 없었다. 민수는 침대와 사물함을 정리했고, 준영이는 침대에 걸터앉아 책을 읽었다. 병수가 다 씻고 나오자 준영이가 책을 놓고 씻으러 들어갔다.

"스크랫이 언제 들이닥칠지 알고 그렇게 퍼져 있냐?"

병수가 내 옆을 지나가며 내 발을 툭 쳤다.

나는 벌떡 일어났다.

"치킨!"

"치킨?"

"아냐, 아냐!"

배가 고프니 헛소리까지 나왔다.

"그나저나 규민이는 어떻게 하냐?"

"스크랫에게 걸렸는데 끝났지, 뭐!"

"방귀간수는 겁도 없나 봐."

민수도 대화에 끼어들었다.

"교장샘이 방귀간수를 벼르고 있다는 소문이 자자하던데, 방귀간수는 교장샘도 안 무섭나?"

"그러게 말이야. 우리 B사감님을 누가 말리겠어."

"태진이 표정을 보니 장난이 아니던데."

"규민이 퇴소당하고, 태진이가 애들이랑 들고 일어나면 내일 또 한바탕 난리가 나겠네."

"이번 기회에 B사감이 확 잘리면 좋겠다."

"그게 되겠냐?"

"지난 4월에 학교가 시끄러웠을 때 교장샘이 옛날 사감을 바로 잘랐잖아! 혹시 알아? 이번에도 태진이 때문에 시끄러워지면……."

그때였다. 열린 창문 사이로 밤공기가 흘러왔는데 아주 친근하면서도 괴로운 냄새가 함께 섞여 들어왔다. 도대체 어디서 온 냄새일까? 병수와 민수도 냄새를 맡았다. 우리 눈은 일제히 창문으로 쏠렸고, 곧이어 누가 말하지 않았는데도 몸이 창문으로 이끌려 갔다. 우리는 창문에 달라붙어 조금이라도 더 냄새를 빨아들이려고 코를 길게 내밀었다.

"아, 먹고 싶다, 치킨!"

"이럴 때 닭 다리 하나 딱 뜯으면……."

"치킨은 날개지! 우리 집에서 치킨을 시킬 때는 늘 두 마리를 시키는데, 나는 날개 네 조각을 먹고, 누나는 다리를 먹고, 엄마와 아빠는 다른 부위만 먹어."

"아무래도 다리와 날개가 운동량이 많아서 기름기도 적고, 쫄깃하긴 해."

"여름에 내가 캠프에 갔잖아. 한 달 동안 있었는데 급식이 꿀꿀이 죽 수준이었어. 고기가 많이 나왔는데 겉으로 보기만 좋을 뿐 짜기만 하고. 반찬은 엉망이고 찌개는 늘 간이 안 맞는 거야. 심지어 라면도 맛이 없었다니까. 그래서 캠프 끝나고 나오자마자 날 데리러 온 아빠한테 치킨을 사 달라고 해서 두 마리나 먹었는데, 그때 그 맛을 잊을 수가 없어."

그때 누가 등을 확 짚었다.

"난 야구장!"

화장실에 들어갔던 준영이었다.

"며칠 전에 아빠와 야구장에 갔거든. 역시 치킨은 야구장이야. 아빠가 좋아하는 선수가 홈런을 치니까 아빠가 치킨을 샀는데, 응원하면서 먹는 치킨이 그렇게 맛있는 줄 처음 알았어."

"치킨 하면 수학여행 때가 최고였는데. 6학년 수학여행 때 옆방 애들이 치킨을 몰래 사다 놓고 먹으려고 했어. 그런데 때마침 선생님이 점호를 한다고 애들을 불러내네. 그때 우리 방 애들이랑 떼거지로 들어가서 옆방 애들이 먹으려고 준비해 놓은 치킨을 몽땅 먹어 치우고 도망을 쳤어. 크크크!"

"애들이 가만히 있어?"

"가만히 있었겠어? 점호에서 돌아온 옆방 애들은 난리가 났지. 그 녀석들은 우리를 의심하기는 했는데, 뭐 어쩔 거야? 도둑이 들었다고 말할 수도 없고. 크크크~! 상황도 너무 웃겼지만 그때 먹은 치킨이 정말 맛있었는데……."

병수가 낄낄거렸다.

"우리 누나 다리가 처음에는 날씬하다가 점점 굵어졌는데 아무래도 닭 다리를 많이 먹어서 그런가 봐."

"야, 그럼 닭 날개를 많이 먹으면, 팔이 날개가 되고, 닭 목을 많이 먹으면 노래를 잘하게 되냐? 말이 되는 소리를 해라."

"그렇단 말이지."

"닭 목 이야기가 나왔으니 하는 말인데, 치킨을 먹으면서 가장 괴기스런 경험을 한 적이 있거든. 한번은 닭을 한 마리 시켰는데, 목이 세 개 들어 있는 거야. 처음에는 실수려니 했는데, 아빠가 아무래도 닭이 기형인 듯하다면서, 요즘은 닭들도 기형이 많다고 하시는 거야. 그러면서 아빠가 막 놀리는데 겁이 나서 일주일 동안 치킨을 못 먹었어. 아, 물론 일주일 뒤에는 까맣게 잊고 다시 열심히 치킨으로 배를 채웠지만."

수상한 기숙사의 치킨게임

"목이 세 개면 끔찍하지만, 다리가 세 개면 아주 대박이지!"

"그거 알아! 닭을 튀길 때 튀김가루에 계란이 들어간대. 엄마를 자식으로 싸서 먹는 거잖아. 잔인하지 않아?"

준영이 이 녀석은 갑자기 왜 이런 말을 하는 걸까? 치킨에 푹 빠져들던 이야기가 뚝 끊겼다.

"그건 무정란일 거야."

잠시 흐르던 적막을 깨트린 건 민수였다.

"비용을 따져 보면 치킨을 만드는 데 유정란을 쓰기 어려워. 유정란은 무정란보다 비싸니까. 그러니 엄마와 자식 관계가 아니야. 괜찮아."

민수는 미래 과학자답게 깔끔한 근거로 찝찝함을 덜어 주었다.

"시험 끝나고 먹는 치킨이 맛있는데."

"친구들과 같이 먹을 때가 더 맛있어."

"에이, 똑같은 치킨인데 어떻게 맛이 다르냐?"

민수는 뭐든 과학이라는 틀로만 접근하려 한다.

"따져 보면 맛은 같잖아."

"상황이 다른데 맛이 어떻게 똑같냐?"

"똑같은 가게, 똑같은 제품이면 맛이 똑같지."

"배고플 때와 배부를 때 맛이 같아? 숙제 못 해서 눈치 보며 먹을 때와 점수 잘 나와서 으스대면서 먹을 때가 같아? 좋은 친구들과 먹을 때와 싫은 녀석들과 먹을 때가 같아? 말이 돼? 분위기가 다르잖아."

"에이, 그건 감정이 장난을 치는 거고, 맛은 똑같잖아."

"목이 마를 때 물 마시는 거와 평상시 물 마시는 게 같냐고?"

"내 말은 맛이 똑같다는 거야! 그냥 기분만 다르다고."

병수와 준영이는 어처구니없어 하며 더는 반박을 하지 못했다.

"네 말이 맞아. 배고플 때, 친구와 먹을 때가 더 맛있다는 말은 틀렸어."

내가 나섰다.

"오! 웬일이야? 네가 내 말에 동의도 해 주고?"

민수가 반색을 했다.

"가장 맛있는 상황 따위는 없어."

"뭐?"

"치킨은 언제나, 늘 맛있어."

물론 이 말은 99%만 진실이다. 나는 치킨을 먹을 때면 언제나, 늘 행복하다. 치킨을 먹고 불만이 생긴 적은 없다. 치킨은 내게 진리요, 행복이다. 그렇다고 내가 가장 맛있게 먹은, 견줄 수 없을 만큼 짜릿했던 경험을 꼽을 수 없는 건 아니다. 치킨과 더불어 살아온 내 삶에서 잊을 수 없는 맛이 딱 한 번 있다.

내 장은 아주 튼튼하고 강한데 딱 한 번 장염에 걸려 고생을 했다. 아무리 약을 먹어도 낫지 않아서 한 달 내내 죽만 내리 먹었다. 한 달 동안 죽만 먹는 고통은 이루 말할 수 없었다. 태어나서 처음으로 심하게 아파 보인다는 걱정을 들었다. 아주 힘들게 장염 완치 판정을 받은 날, 바로 죽을 끓고 치킨을 먹었다. 혹시라도 장이 자극을 받아 장염이 재발할까 봐 기름기를 쏙 뺀 순살 프라이드치킨을 먹었다. 바삭한 순살 프라이드치킨이 입안을 가득 채운 그 순간, 나는 천국을 맛보았다. 내가 순살 프라이드치킨을 먹는 모습을 지켜보던 아빠는 황홀해하는 내 얼굴빛을 보고는 군대 훈련소 화장실에서 혼자 먹은 초코파이 이야기를 해 주셨다. 몰래 챙겨 온 초코파이를 남들에게 빼앗기지 않으려고 화장실에 숨어 혼자 몰래 먹는데, 하루 내내 훈련으로 쌓였던 피로가 싹 날아가면서 기쁨이 꿀처럼 넘쳤다고 한다. 인생을 살아오는 동안 음식을 먹으면서 그때보다 더 만족스러운 적이 없었다고 했다. 아빠와 나는 초코파이와 치킨으로 하나가 되었다.

"그나저나 이 냄새, 구운치킨 같은데……."

"구운치킨은 맛은 있는데 양이 적고, 비싸!"

"케이지치킨은 조각이 큼직큼직해. 한입에 먹기 힘들 만큼."

"케이지치킨 프라이드가 끝내주는데."

"맞아! 바삭함이 으뜸이지."

"바삭한 껍질을 벗기면, 매콤한 맛을 풍기는 속살이 느끼함을 잡아 주는데, 꽤나 괜찮았어."

"베베치킨은 양념맛이 최고야. 달달하면서도 깊이가 있어."

"베베치킨은 조각이 작지 않냐?"

"작으니 좋지. 한입에 쏙 들어가잖아."

"파닭도 좋은데."

몸집이 클 만큼 큰 고1 남학생 넷이 창문으로 고개를 내밀고 나누는 치킨 이야기는 끊이지 않았다. 당장이라도 창문을 뛰어넘어 치킨 가게로 달려가고 싶었다.

"파닭 하면 향촌치킨이 최고지. 간장치킨을 파채에 싸서 사부작 사부작 씹으면, 짙게 밴 간장 맛과 파채 향이 닭고기가 지닌 장점은 키워 주고 단점은 잡아 줘서, 균형 잡힌 맛이 나."

"훈제치킨도 괜찮은데."

"치킨은 튀겨야 맛이지."

"기름기를 쫙 뺀 훈제치킨이 끌릴 때도 있어."

훈제든 튀긴 거든 눈앞에 있기만 하면 좋겠다.

"치킨이랑 양파랑 같이 먹어 봤냐?"

"양파?"

"살짝 데친 양파가 잡냄새를 잡아 주고, 달달한 맛에 풍미를 더해 줘서 꽤나 잘 어울려."

그때, 갑자기 문이 벌컥 열렸다.

치킨 대전

"점호 안 받으십니까?"

B사감이었다.

우리는 화들짝 놀라며 창문에서 떨어졌다.

"넷이 창문에 나란히 붙어서 탈출 모의라도 하시나 보죠?"

B사감이 절뚝이는 걸음으로 들어오며 말했다.

"에이, 샘! 저희가 무슨 빠삐용인가요?

"헤헤, 맞아요. 저희는 죄수들이 입는 줄무늬 옷도 안 걸친 걸요!"

우리는 서로 쳐다보며 B사감에게 트집잡히지 않으려고 활기차고 밝은 웃음을 지어냈다.

"지금, 당장 점호 받으러 안 나오면 모조리 벌점 6점입니다."

우리는 후다닥 복도로 나갔다. 복도에는 다른 생활실에서 나온 애들이 줄지어 섰고, 각 생활실 방문은 모두 활짝 열린 채 점검 받을 준비태세를 갖추고 있었다. B사감은 인원수를 확인하더니 각 방을 일일이 들어가서 살폈다. 옛날 사감은 복도에서 방안을 대충 살피고 말았는데, B사감은 샅샅이 살폈고, 하루에 두세 곳은 꼭 트집을 잡았다.

"205호, 청소용품 관리 제대로 못 합니까?"

205호 애들은 어쩔 줄 모르고 B사감 눈치만 살폈다.

"205호, 한 번만 더 청소용품을 제대로 관리하지 않으면 벌점을 부과하겠습니다."

205호 애들이 말없이 가슴을 쓸어내리는 소리가 들렸다.

"210호, 오현기 학생!"

현기가 앞으로 한 걸음 나섰다.

"몰래 라면을 숨겨 놓았군요."

B사감은 컵라면 두 개를 높이 들어 보였다.

"라면, 과자와 같은 간식류 불법 반입은 벌점 5점입니다. 이제 벌점이 총 21점이군요. 조심해야겠어요."

'불법'이란 말은 아주 힘이 셌다. 복도 한가득 서늘한 기운이 돌았다.

B사감은 희한하게도 각 학생들 벌점을 모조리 기억했다. 언제, 어떤 사건으로 벌점을 주었는지 정확히 기억해서 우리들을 놀라게 한 게 한두 번이 아니다.

"여러분이 벌점 규정에 불만이 많다는 것은 잘 압니다. 다시 말하지만 지금 불만은 미래에 큰 성취로 되돌아올 것입니다. 처음에는 어렵겠지만 익숙해지면 괜찮습니다. 라면, 과자, 치킨 따위는 안 먹어도 됩니다. 먹어야 한다는 집착이 여러분을 괴롭힙니다. 생활공간을 깔끔하게 하고, 함께 생활하는 친구들에게 피해를 끼치지 않겠다는 자세만 갖추면 규칙 따위는 잊고 살아도 됩니다.”

B사감은 단호한 말을 쏟아 내고 절뚝거리며 위층으로 올라갔다. 기숙사 3층에 있는 2학년 선배들 점호를 하기 위해서다. 3학년 점호는 1시쯤에 한다. 점호를 했다고 B사감 감시가 끝난 것은 아니다. 점호가 끝나면 각자 방에서 2시까지 자율학습을 할 수 있는데, 그때 문을 벌컥 열고 들어오기 일쑤다. 그때 엉뚱한 짓을 하거나, 인원이 한 명이라도 없으면 불벼락을 맞는다.

점호가 끝나고 나는 생활실로 들어가서 대충 씻고 얼른 침대에 누웠다. 더는 배고픔을 견디기 힘들었다. 준영이는 책상에 앉아 공부를 하고, 민수와 병수는 나란히 침대에 누워 소곤소곤 이야기를 나눴다. 나는 이불을 뒤집어쓰고 잠을 청하려고 애썼지만 민수와 병수가 나누는 수다에 귀가 쏠려 잠이 오지 않았다.

“양념이 더 좋지 않냐? 혀를 휘감는 양념 맛이 나야 치킨이지.”

“치킨은 치킨으로만 먹어야지. 치킨 하면 프라이드야.”

병수는 양념치킨이, 민수는 프라이드치킨이 더 좋다며 토론 아닌 토론을 벌이고 있었다. 이러니 내가 잠이 들 수 있겠는가?

“프라이드를 사서 양념장에 찍어 먹으면 일석이조잖아.”

“찍어 먹으면 깊게 밴 맛이 없어. 양념은 만들고 배달하는 동안 맛이 깊게 스며서 찍어 먹을 때와는 결이 다르지."

"치킨은 바삭함이 생명인데, 양념은 만들고 배달하는 사이에 약간 눅눅해지잖아."

"뭘 모르네! 눅눅함이 바로 양념치킨이 지닌 매력이야. 재료가 지닌 맛과 새롭게 빚어낸 맛이 조화를 이루며 강렬하고 새로운 맛을 만들어 내잖아! 배달하는 순간에도 양념치킨은 맛이 달라져. 배달하는 시간마저 요리로 만드는 그 숭고함, 프라이드는 따라올 수 없지."

"치킨은 닭을 튀겼기에 끌리는 맛이 나는데, 양념은 그 매력을 없애. 튀김이 주는 바삭함, 튀김이 주는 생생함, 닭이 지닌 특성과 튀김이 빚어낸 조화야말로 양념으로는 흉내낼 수 없는 숭고함이지."

치킨이 맛있는 이유는 크게 보면 두 가지로, 치킨이 지닌 고유한 맛과 양념으로 만들어 낸 특별한 맛이다. 프라이드는 닭고기가 지닌 맛을 특별한 경지로 살려 내고, 양념은 원재료에 가미한 맛들이 빚어내는 다양함이 독특한 매력을 만들어 낸다. 나는 둘 다 좋아하기에 치킨을 한 마리만 살 때면 늘 고민이다. 어떤 가게는 양념과 프라이드를 절반씩 섞은 반반 치킨을 파는데 어느 쪽도 선택할 수 없는 치킨 애호가들에게는 괜찮은 대안이다.

"나는 간장!"

갑자기 준영이 목소리가 끼어들었다. 아무리 집중력이 좋은 준영이도 치킨 이야기 앞에서는 버틸 수 없었던 모양이다.

"짭조름한 간장치킨이 최고지! 프라이드는 한두 개는 괜찮은데 많이 먹으면 목이 막히고 약간 느끼해, 양념은 가게마다 맛이 다를 뿐 아니라, 같은 가게라도 오늘과 어제가 맛이 미묘하게 달라서 먹을 때마다 모험을 해야 돼. 간장은 질리지 않고 가게에 따른 차이가 별로 없고, 날짜에 따른 맛도 꾸준해. 그러니까 치킨은 간장!"

"느끼함이 매력이라니까! 약간 지루한 듯하지만, 바로 그래서 치킨이 지닌 매력을 흠뻑 맛볼 수 있어. 각 부위에 따라 맛이 어떻게 다른지 제대로 느낄 수 있는 치킨은 프라이드밖에 없다고."

"프라이드는 닭고기가 지닌 단점을 다 감추지 못해."

"그게 프라이드가 지닌 매력이라니까."

"단점은 단점일 뿐이야."

민수가 준영이를 열심히 설득했지만 준영이는 조금도 흔들리지 않았다.

"프라이드 지지자께서는 저리 물러나세요. 우리 준영님이 싫다고 하지 않습니까! 저희 양념치킨 파로 오십시오."

병수가 선거에서 지지를 호소하는 말투를 쓰자 준영이가 키득거렸다. 나도 웃음이 나왔지만 이불을 꼭 움켜쥐고 참았다. 지금 잠들지 않으면 치킨 때문에 넋을 놓아 버릴지도 모르기 때문이다.

"준영이 넌 지나치게 안정 지향이야. 사람이 모험을 해야지!"

"다른 건 몰라도 맛과 진로에서는 모험을 하면 안 돼."

"왜 안 돼?"

"맛없으면 돈이 아까워, 실망도 크고. 진로는 실패하면 그 결과가 참혹하고 받아들이기 힘들지. 그러니 맛과 진로는 안전이 우선이야."

"진로야 너와 길이 다르니 따지고 싶지 않지만, 맛은 모험을 해야지. 맛조차 모험을 안 하면 무슨 재미로 사냐? 오늘 먹어 보고 맛없으면 내일 또 새로운 맛을 찾아 나서고. 그게 사는 재미지."

"행복하려고 먹지, 도전하려고 먹는 건 아니야."

"세상에 치킨 종류가 얼마나 많은 줄 알아? 별의별 치킨이 다 있다고. 너처럼 하나만 고집하다가는 그 많은 치킨이 어떤 맛인지 전혀 모르잖아. 다 맛보고 싶지 않아?"

"간장 치킨도 종류가 꽤 있어. 그리고 세상이 넓다고 다 돌아다니면서 구경할 수는 없어. 그냥 내가 사는 곳에서 만족하며 살면 넉넉하게 행복해. 내가 가장 좋아하는 맛을 그냥 즐기면 행복한데, 왜 불행해질 수 있는 선택을 해야 하지?"

"간장치킨만 쥔 사람은 다양한 양념치킨 맛을 볼 수 없다니까. 우물 안 개구리는 바다를 알지 못해. 그 세계가 얼마나 풍요로운지 말이야."

"개구리는 우물이면 넉넉해."

"그게……."

그때 문이 벌컥 열렸다.

이불 속에 있었음에도 내 몸은 긴장으로 얼어붙었다. 또다시 B사감이 들이닥친 듯했다. 그런데 문이 열리면서 들려야 할 모깃소리가 들리지 않았다.

"아, 깜짝이야! 스크랫인 줄 알았잖아."

"태진이 네가 웬일이야?"

기숙사 1학년 대표인 김태진이었다.

"여기 서명 좀 해 달라고."

"뭔데?"

"규민이 일 때문에……. 아침이 되면 규민이가 쫓겨나잖아. 그걸 막아야지."

"교장도 방귀간수를 못 말리는데, 무슨 수로?"

"그렇다고 이대로 당하고 있을 수는 없잖아. 규민이는 여기서 나가면 대책이 없어. 그리고 그런 사소한 벌점들로 퇴소까지 하는 기숙사 운영 방식이 너희들은 괜찮아? 지금 벌점 20점 넘은 애들이 수두룩해. 다들 겁을 집어먹고 사감 선생님 눈치만 봐. 독재자가 무서워서 아무 소리 못 하는 독재국가 시민들과 지금 우리 처지가 똑같잖아! 규민이처럼 큰 잘못도 없이 기숙사에서 퇴소당하는 사례가 한 번 나오면, 그 뒤에는 우리 모두가 그런 처지에 몰리게 될 거야. 그럼 우리는 사감 눈치를 보며 꿈쩍도 못 하겠지. 우리는 절대 그런 상황을 용납하면 안 돼."

태진이 말에는 신념이 잔뜩 실렸다.

"이 의견서 아래에 서명만 하면 되는 거야?"

"그래. 오늘 밤 내로 기숙생 전원한테 서명을 받아서 교장 선생님께 의견서를 제출하고, 대자보도 붙일 거야."

대자보란 말에 4월말에 일어난 일이 떠올랐다.

앞서 말했듯이 그 전 사감은 까다롭게 단속하지 않았다. 우리는 자유로웠고 큰 사고만 치지 않으면 간섭을 받지 않았다. 그렇게 잘 지내다가 중간고사가 끝나고, 며칠 뒤 사고가 터졌는데 다리가 불편한 친구 때문이었다. 그 친구 때문에 이런저런 배려를 많이 해 줘야 했고, 사감에게도 귀찮은 일이 많았다. 그 불편함이 싫었는지 사감이 애들 앞에서 몇 번 투덜거렸고, 그 친구 앞에서 싫은 기색을 내비치기도 했다. 다른 애들은 그냥 그러려니 하고 넘어갔는데, 태진이가 그 이야기를 듣고 대자보를 붙였고, 결국 그 사감은 나가야 했다.

내가 잠들었다고 생각했는지 태진이는 다른 애들 서명만 받고 밖으로 나갔다. 서명을 해 주고 싶었지만, 그랬다가는 치킨을 먹고 싶은 마음이 걷잡을 수 없이 커질 듯해서 꾹 참고 그냥 누워 있었다. 서명은 내일 아침에 해도 된다. 태진이가 나가고 애들도 그냥 잘 줄 알았는데 또다시 치킨 이야기가 이어졌다.

"준영이 너 그 이야기 알아? 태어나서 이제까지 단 한 번도 여자를 제대로 사귀어 본 적이 없는 민수가, 딱 한 번 연애를 할 뻔한 이야기."

"그래? 그게 뭔데?"

"야, 야, 하지 마! 쪽팔려! 하지 마!"

"뭐야? 뭔 일인데?"

"아, 진짜~!"

"중3 때 민수가 나랑 치킨을 같이 먹고 있었거든. 밤늦게 둘이서 치킨을 먹는데 그렇게 행복할 수가 없는 거야. 그때 민수한테 문자가 왔어. 모르는 여자애여서 이름을 물어봤는데, 대뜸 사귀자고 하는 거야."

"민수한테?"

"응! 그래서?"

"상황을 생각해 봐! 치킨을 먹느라 기분이 찢어지게 좋은데, 모르는 여자애가, 태어나서 처음으로 사귀자고 고백을 했으니, 바로 사귀자고 했지."

"그럼 뭐야? 민수가 여자를 사귄 적이 있는 거잖아? 엄마 외에는 여자 손도 잡아 본 적이 없다며? 야이~!"

"그건 맞아."

"뭐야? 사귀자고 했다며?"

"사귀자고 했는데, 치킨 다 먹고 시간이 조금 지나니까 생각이 달라진 거야. 그래서 바로 헤어지자고 했어."

"뭐? 얼굴도 안 보고?"

"치킨이 맺어 준 아름다운 인연, 치킨 뼈와 함께 끝난 거품 같은 이별!"

준영이와 병수는 키득거리며 웃었다.

"그러니까, 그게……, 치킨이 문제였어. 그날 치킨이 정말 맛있어서, 어쩔 수 없었다고."

민수가 변명을 늘어놓으니 준영이와 병수는 더 크게 웃었다.

"야, 조용히 해. 이러다 방귀간수 들어와서 소란스럽다며 벌점이라도 주면 어쩌려고."

곧바로 병수와 준영이 웃음소리가 끊겼다.

웃음마저 집어삼키는 존재, 호랑이보다 무서운 B사감이었다.

문득 내가 뭐하는 짓인가 싶었다. 이렇게 치킨이 먹고 싶은데, 내가 왜 참아야 하지? 사감이 막는다고 먹고 싶은 욕망을 포기해야 할까? 그때 학생주임, 구미호가 한 말이 떠올랐다.

"주어진 조건을 탓하며 핑계 대지 말고, 주어진 조건을 어떻게 뚫고 나갈지를 생각하라!"

"의지가 나약한 사람은 하지 못하는 이유부터 찾지만, 의지가 강한 사람은 해야 할 이유만 생각한다."

나는 조건만 탓했다. B사감이라는 방해물을 핑계 삼아 내 참된 욕망을 억눌렀다. 의지가 나약한 사람은 핑계만 찾지만, 의지가 강한 사람은 해야 할 이유가 있기 때문에 길을 찾는다. 치킨을 향한 내 의지는 어느 누구보다 강하다. 먹고 싶은 치킨을 포기해야 할 이유는 없다.

나는 이불을 젖히고 벌떡 일어났다.

"야! 우리 치킨 먹자."

장미와 치킨

모든 눈이 일제히 내게로 쏠렸다.

"못 알아들었어? 치킨 먹자고."

친구들은 서로 한 번씩 눈을 마주치더니 다시 나를 봤다.

무슨 수로 먹느냐는 뜻이 잔뜩 담긴 얼굴빛이었다.

"치킨가게에 가서 사 오면 되잖아."

나는 아무렇지 않게 대꾸했다.

"말이 쉽지, 그게 가능하냐?"

"사감 눈은 무슨 수로 피하고."

"얘가 치킨 먹고 싶어서 돌았나."

예상했던 반응이었다.

"나 돈 있어. 나갈 수 있는 발 있고."

"야, 그 말이 아니잖아."

"구미호가 늘 말하잖아. 주어진 조건을 탓하며 핑계 대지 말고, 주어진 조건을 어떻게 뚫고 나갈지를 생각하라고. 의지가 나약한 사람은 하지 못하는 이유부터 찾지만, 의지가 강한 사람은 해야 할 이유만 생각한다고."

"규칙을 지키라는 말도 엄청 많이 하지."

준영이가 굳은 얼굴로 말했다.

"오늘 밤, 우리는 치킨을 먹고 싶어. 그렇지 않아?"

"미치도록 먹고 싶지."

병수가 맞장구를 쳤다.

"내 혀와 위장이 간절히 원하긴 해."

민수도 고개를 끄덕였다.

"먹고는 싶지만, 규칙이잖아. 더구나 사감한테 걸리면……."

준영이는 고개를 저었다.

"어렵다고만 생각하면 수십 가지 핑계가 생각나. 그러나 치킨을 먹고 싶다면 오직 먹고 싶은 마음만 생각하는 거야. 치킨을 먹는 게 무슨 큰 죄야?"

"죄는 아니지."

병수가 팔짱을 꼈다.

"병수 너, 모험 좋아하잖아."

"그야……. 좋아 까짓것! 걸리면 기숙사에서 쫓겨나기밖에 더하겠어.”

병수가 가장 먼저 나와 같은 뜻이 되었다.

“민수 네 생각은 어때?”

준영이는 마지막으로 공략해야 한다.

“그러게.”

민수는 괜히 머리를 긁적이며 한쪽 눈을 치켜뜨며 얼굴을 찡그렸다.

“우리는 자라나는 청소년, 치킨을 간절히 원하는 포유류, 우리는 생명으로서 지닌 욕망을 좇을 뿐이야.”

“뭐, 그렇기는 하지.”

잠깐 더 고민하던 민수는 찡그리던 얼굴을 풀었다.

“에이, 알았어. 사 먹지 뭐. 저녁 급식부터 제대로 못 먹어서 배고파 미치겠다. 내 위장께서 간절히 바라신다고 하니 치킨 님을 드려야지.”

이제 준영이만 남았다.

우리 셋은 일제히 준영이에게 눈길을 모았다.

“그러지 마! 아무리 먹고 싶어도 규칙은 지켜야 해.”

준영이는 반듯한 자세로, 흔들림 없이 규칙이란 말을 강조했다.

“너도 먹고 싶잖아?”

“그래도 참고 바른 길을 가야지.”

“가끔 샛길도 가야 재밌지 않냐?”

“그래도 참고 옳은 길을 가야 돼.”

"넌 사감이 옳다고 생각해?"

다른 질문에는 곧바로 대답을 하던 준영이는 이 질문에 잠깐 머뭇거렸다.

"꼭 옳지는 않지만……, 그래도 규칙은 규칙이잖아."

"어유, 이 모범생."

"칭찬으로 들을게."

잠깐 침묵이 흘렀다.

"방법도 없잖아. 여기서 어떻게 나가?"

"여긴 2층이야. 다행스럽게도."

"뛰어내리려고? 올라올 때는?"

"왜 뛰어내려? 내려갔다 올라올 줄을 만들면 되지."

"무슨 수로?"

"옷 몇 벌만 이어서 묶으면 간단해."

다시 침묵이 흘렀다.

"네루다의 『우편배달부』란 책에 장미와 치킨에 관한 이야기가 나와."

다시 준영이가 입을 열었다.

"사람들은 장미와 치킨 가운데 늘 치킨을 택하려고 해. 나는 치킨이 아니라 장미를 택할 거야."

장미와 치킨이라니, 준영이다운 비유였다.

"장미 좋지. 그렇지만 장미를 먹을 수는 없잖아. 우리는 지금 배가 고파."

내가 반박했다.

"장미를 보며 치킨을 먹으면 되잖아."

병수는 큰 웃음을 지어 보였다.

"포유류 관점에서 보면 장미보다는 치킨이지."

민수는 민수답게 받아쳤다.

"나도 장미가 좋아. 그렇지만 가끔은 치킨을 먹어야 해. 늘 장미만 선택할 수는 없잖아? 내가 지금 치킨을 먹고 싶다고 해서, 내가 늘 치킨만 바라고 살지는 않아. 나는 지금 이 순간, 치킨이 사무치게 그리울 뿐이야. 지금은 치킨을 꿈꾸지만 내일 낮이 되면 장미향을 그리워하며 치킨을 먹고 싶은 마음을 꾹 참고 지내겠지."

나는 다시 힘주어 준영이를 설득했다.

세 명이 한마음으로 설득하자, 준영이는 입을 다물고 깊이 생각에 빠졌다. 우리는 준영이 입만 보며 기다렸다.

"아무리 생각해도……."

준영이가 다시 입을 여는데, 그때, 벌컥 문이 열렸다.

'태진이가 또?'

아니었다. B사감이었다.

'설마, 들킨 건가?'

"무슨 일, 꾸미고 있지 않습니까?"

가슴이 덜컹 내려앉았다.

"에이, 샘도! 저희 진지한 토론 중인데요."

병수가 빙글빙글 웃으며 대꾸했다.

병수가 거짓말을 하지는 않았다. 우리는 치킨과 장미를 두고 토론을 벌이고 있었기 때문이다. 역시 병수는 순발력이 좋다.

"학생 여러분이 이상한 모의를 한다는 정보가 있던데, 모르십니까?"

B사감 목소리에서 약간 긴장이 느껴졌다. 말에서 풍기는 기운이 여느 때와는 달랐다.

"의심스러운 짓은 하지 않는 게 좋습니다."

"저희는 이상주의와 현실주의를 놓고 토론하고 있었습니다."

준영이가 아주 진지한 얼굴로 말했다.

준영이는 벌점이 단 1점도 없다. B사감이 아주 좋아하는 유형이었다.

"준영 학생 말이라면 믿지요."

준영이 말을 듣고 뒤로 물러나려던 B사감이 뭔가 생각난 듯 우뚝 멈췄다.

"참, 민수 학생! 몸은 괜찮습니까?"

"아, 네, 저야, 뭐!"

민수는 머리를 긁적이며 어색하게 웃었다.

"다 나아도 몸 조심해야 합니다. 조금이라도 이상한 증상이 나타나면 곧바로 말해 주세요."

얼마 전에 민수가 조금 아팠다. 그리 크게 아프지는 않았는데, 민수 부모님이 아주 걱정이 많은 분들이라 마음을 많이 썼다. B사감은 이런 일은 잘 챙겼다. 몇몇 애들이 B사감을 좋아하는 이유이기도 하다. 물론 민수는 전혀 B사감을 좋아하지 않는다. 그냥 귀찮게 여길 뿐이다.

"다시 말하지만, 규정을 준수하세요. 충동은 잠깐 행복하지만 규칙은 긴 행복을 줍니다."

그 순간 B사감이 마치 우리가 벌인 논쟁에 끼어든 것 같은 착각이 일었다.

아무래도 B사감은 태진이가 벌이려는 일을 살짝 눈치챈 듯했다. 태진이도, B사감도 굉장히 고집이 세고 신념이 강하다. 자기가 원하는 목표가 생기면 둘레를 살피지 않고 돌진한다. 아무래도 아침 해가 밝으면 학교가 꽤나 시끄러워질 듯하다.

문이 닫히고 다시 침묵이 흘렀다.

"너 간이 콩알만 해졌지?"

나는 준영이 옆구리를 살짝 찌르며 놀렸다.

"아니거든."

준영이가 내 손을 툭 쳤다.

"사감은 장미만 보고 살 수 있나 봐."

"장미만 보고 살면 굶어 죽기 딱 좋지."

민수와 병수도 준영이를 건드렸다.

"나는 그냥 규칙을 따를 뿐이야."

"You are such a chicken!"

나는 작지만 또렷하게 말했다.

미국에서 '치킨'은 겁쟁이를 뜻한다.

"뭐? such a chicken!"

치킨이 왜 겁쟁이를 뜻하게 되었는지는 모르겠지만, 온통 내 마음을 사로잡은 치킨으로 준영이를 설득하는 데 그만한 표현이 없었다.

"난 겁쟁이 아니거든!"

준영이는 겁쟁이란 말에 발끈했고, 마침내 마음을 바꿨다.

솔직히 나는 규칙과 욕망 사이에서 무엇을 우선해야 하는지 잘 모르겠다. B사감 말도 맞는 듯하고, 태진이 주장도 맞는 것 같다. 준영이처럼 어떡하든 규칙을 지키려는 굳센 자세가 한편으로는 부럽기도 하다. 그렇지만 나는 그 순간 치킨을 먹고 싶었다. 그게 다다. 이런저런 논리로 포장했지만 그냥 그게 다다. 나는 그냥 내가 가장 좋아하는 치킨을, 배가 고플 대로 고픈 순간에, 내 혀를 위해, 내 몸을 위해, 먹고 싶을 뿐이다.

B사감은 우리에게 늘 규칙을 강조한다. 기숙사에서는 치킨을 먹지 말라고 한다. 공부 시간에는 공부에만 집중하고, 청소를 하면 깔끔하게 마무리하고, 물품은 늘 제자리에 정리정돈하라고 한다. 맞는 말이지만, 숨이 막힌다. 우리는 늘 참으라는 요구를 받고 산다. 무얼 하라는 소리보다 하지 말라는 소리를 훨씬 많이 듣는다. 나는 자유롭고 싶

다. 치킨은 자유다. 치킨을 먹는 순간만큼은, 나는 자유롭다. 기숙사에서 치킨을 몰래 먹으면 가장 높은 벌점을 받지만, 따지고 보면 가장 가벼운 자유다.

결심은 섰다. 이제 방법을 찾을 때다. 먼저 돈을 모아야 한다. 각자 가진 돈을 확인해 보니 3마리는 못 사고, 2마리는 살 돈이 있었다. 다음으로 치킨을 사러 갈 사람을 정해야 했다.

"나는 몸이 무거워. 줄을 타고 내려가기는 하겠지만 못 올라올 거야."

내가 보기에도 민수는 어렵다.

"그럼 가벼운 내가 가야지."

병수가 나섰다.

병수는 날렵하고 운동을 잘한다. 옷으로 만든 줄을 잡고 재빨리 내려가고 올라가는 것 정도는 가볍게 해낼 수 있는 운동능력을 지녔다. 겨우 동의한 준영이에게 치킨까지 사러 가라고 할 수는 없었다. 치킨을 가장 먹고 싶은 나와 가장 날렵한 병수가 가는 게 맞았다.

"그럼 나랑 병수가 가면 되겠네."

갈 사람은 그렇게 정하고 다음 과제로 넘어가려는데 준영이가 끼어들었다.

"잠깐! 병수는 남는 게 낫지 않아?"

"왜?"

"나 같은 사람이 가야지. 누가 가냐?"

병수가 적극 나섰지만 준영이는 고개를 가볍게 좌우로 흔들었다.

"그렇지 않아."

준영이는 단호했다.

"치킨을 사오는 데 가장 큰 위험이 뭐지?"

준영이가 물었고, 답은 뻔했다.

"B사감이지."

"그런 당연한 걸 왜 물어?"

"그걸 우리가 놓치고 있으니까."

준영이는 집게손가락으로 관자놀이를 툭툭 쳤다.

"만약에 사감이 갑자기 들이닥치면 어떻게 하지?"

그런 걱정은 나도 했지만, 딱히 대책은 없었다.

"우리 가운데 병수만큼 재치 있게 B사감을 상대할 수 있는 사람이 있어?"

"B사감은 너를 좋아하잖아, 신뢰하고."

"나는 거짓말을 하거나 긴장하면 티가 팍 나."

그렇긴 하다. 병수는 그 어떤 상황에서도 당황하지 않고 임기응변 능력이 뛰어나다. 저녁 야간 자율학습 때는 노트북을 쓰다가 딱 걸려서 어쩌지 못했지만, 만약 다른 상황이었다면 구미호한테도 빠져나갈 수 있는 능력자다.

"그럼, 나 혼자 갔다 와야 하는 거야?"

혼자 갈 수도 있지만, 혼자 가기는 싫었다.

“내가 갈게.”

뜻밖에도, 준영이가 나섰다.

“별 수 없잖아. 민수는 안 되고, 병수는 남아 있는 게 더 낫다면, 내가 가야지.”

겁쟁이란 말에 자극을 받은 걸까, 아니면 원래 준영이에게 그런 면이 있었던 걸까? 궁금했지만 속마음을 묻지는 않았다. 이렇게 해서 치킨을 사러 갈 사람도 정했다.

“갈 사람도 정해졌으니 빨리 옷으로 줄부터 만들자.”

우리는 각자 갖고 있는 옷 가운데 질기고 묶기 좋은 옷을 골라서 단단하게 묶었다. 창문 바로 옆에 있는 침대 다리에 옷을 묶고, 혹시 모르니 방안에 있는 사람이 같이 잡아 주기로 했다. 옷을 묶고 양 끝에서 잡아 당겨 보니 풀리지 않고 튼튼했다.

“그런데 우리 뭐 먹지?”

민수가 머리를 긁적이며 말했다.

어쩌면 가장 힘든 결정일 수도 있었다. 나는 치킨이면 가리지 않고 먹으니 뭘 사든 괜찮다. 병수는 양념치킨을 좋아하고, 민수는 프라이드치킨을 좋아하고, 준영이는 간장치킨을 좋아한다. 치킨을 두 마리 살 돈밖에 없으므로 셋 가운데 한 명은 좋아하는 치킨을 포기해야 한다.

“프라이드랑 간장치킨 사! 준영이가 고생하는데 먹고 싶은 거 사 먹어야지.”

서로 눈치를 보는데 고맙게도 병수가 양보를 하고 나섰다.

"아냐! 양념치킨으로 해. 병수 네 말처럼 더 넓은 세계를 도전해 볼게."

아무래도 준영이는 오늘 밤만은 모범생에서 벗어나기로 작정한 모양이었다.

"가게는 어디로 갈까?"

지금 이 시간에 갈 수 있는 치킨가게는 네 곳이었다. 어느 가게로 갈지 잠깐 고민하는데 민수가 단박에 정리해 버렸다.

"치킨 선택에서 고려할 변수는 많지만, 오늘 밤 모든 조건을 고려해 봤을 때 적용할 가장 중요한 변수 값은 딱 하나야."

민수는 늘 저런 식으로 말한다.

"그게 뭔데?"

민수가 저렇게 나오면 중간에 반드시 이렇게 물어 줘야 한다.

"거리!"

민수가 수능 4점짜리 수학 문제 답을 맞히듯이 힘주어 말했다.

"거리가 가까울수록 시간이 적게 들고, 위험이 감소하잖아. 아주 간단한 방정식이지."

맞는 말이었다.

그 순간 나는 학교에서 가장 가까운 거리에 있는 치킨가게로 가는 길을 바로 떠올렸다. 방정식 따위는 세우지 않아도 되었다. 언제나 치킨가게로 가는 길은 내 머릿속에 저장되어 있기 때문이다. 골목에 있

수상한 기숙사의 치킨게임

는 치킨가게인데 기숙사에서 빠져나가면 300m쯤 되는 곳에 자리하고 있다.

목표 지점이 정해졌으니 이제 치킨 종류를 정할 차례였다.

"프라이드치킨은 어떤 걸로 할래?"

내가 민수에게 물었다.

"그냥 정통 프라이드치킨을 먹고 싶기는 한데……."

민수는 또다시 머리를 긁적였다.

"아무래도 흔적을 남기지 않으려면 순살치킨을 먹어야지."

민수는 뒤처리까지 고민하며 순살치킨을 골랐지만, 얼굴빛은 뼈가 있는 치킨을 먹고 싶은 기색이 역력했다.

"뼈가 있든 없든 어차피 흔적은 남으니까 그냥 먹고 싶은 거 먹어."

"그럴~까?"

민수 얼굴이 환하게 밝아졌다.

"순살이나 뼈나 똑같지, 뭐가 다르다고."

병수가 삐죽거렸다.

"순살이 더 먹기 편하지 않아?"

준영이는 진지하게 물었다.

"쯧쯧, 그건 너희들이 과학을 몰라서 하는 소리야."

민수는 집게손가락을 들어 좌우로 흔들었다.

"국물을 뼈로 우려내는 까닭이 뭐겠어? 뼈가 깊은 맛을 간직하기 때문이야. 갈비는 굽기에 불편한데도 왜 뼈와 같이 구워서 먹겠어? 뼈에서 맛이 배어나기 때문이야. 치킨도 마찬가지야. 튀기거나 구울 때 치킨 뼈에서 깊은 맛이 흘러나와 살코기 속으로 스며드는 거야. 배달을 하는 순간에도 맛이 흘러들어 가. 그러니 어찌 순살을 뼈에 견주겠어. 이런 단순한 과학도 모르고 치킨을 먹다니, 쯧쯧쯧!"

"알았다, 알았어! 아유, 잘난 척은."

민수가 한 말은 아주 타당했지만, 아쉽게도 민수는 하나만 알고 둘은 몰랐다. 뼈는 고기 맛을 좋게 할 뿐 아니라 먹는 행위를 통해 맛을 더하기도 한다. 음식 맛은 혀로만 느끼는 게 아니다. 뼈가 있어야 쥐는 맛, 뜯어 먹는 맛, 발라 먹는 맛을 느낄 수 있다. 순살치킨은 가볍고 빠르게 먹을 수 있어 좋지만, 불편함에서 오는 맛을 빼앗아 간다. 먹을 때는 정성을 들여야 한다. 힘들게 먹어야 한다. 뼈 구석구석을 발라 먹을 때가 참맛이다. 아무런 방해 없이 음식을 먹으면 산해진미도 평범한 음식일 뿐이다. 사람들이 먼 곳까지 힘들게 맛집을 찾아가는 까닭이 무엇이겠는가? 아무리 유명한 맛집이라도 가까운 곳에 있으면 그렇게까지 맛있지 않다. 먼 곳까지 힘들여 가서 먹으면 똑같은 음식도 더 맛있다. 그게 뼈를 쥐는 이유와 똑같다. 어렵게 먹어야 한다. 치킨은 탄압을 뚫고, 온갖 장벽을 헤치고, 감시망을 피해 몰래 먹을 때 참맛이 난다.

병수는 아주 매운 양념치킨을 택했다가 다른 애들을 생각해서 중간 맛으로 바꾸었다. 이제 모든 게 정해졌다. 실행만 남았다. 나와 준영이 침대는 옷과 가방을 넣어서 마치 사람이 누워 있는 것처럼 만들었다. 얼핏 보면 이불을 푹 뒤집어쓰고 잠든 것처럼 보였다. 민수도 잠자리에 누운 척했는데 일부러 얼굴을 내밀고 있기로 했다. 모든 조명을 끄고 병수가 앉는 책상 앞 조명만 켜두었다.

우리는 각오를 단단히 하고 옷으로 만든 줄을 아래로 길게 늘어뜨렸다. 치킨을 담을 빈 가방을 둘러메고 줄을 잡고 막 창문을 넘어서려는데 병수가 멋쩍게 웃었다.

"야, 돈 좀 남으면 불닭볶음면도 하나 사 오면 안 될까?"

"불닭볶음면?"

"그래! 내가 요즘 그 맛에 푹 빠졌거든."

"알았어. 어차피 뼈를 처리할 비닐봉지도 구해야 하니 편의점에 들렀다 올게."

탈출

　1시가 조금 넘으면 기숙사가 약간 소란해진다. 3학년들이 자습을 마치고 내려오고, 그에 맞춰 점호를 하기 때문이다. 밖으로 탈출하기에 이보다 더 좋은 시간은 없었다. B사감은 4층에 있지만 기숙사 정문은 감시카메라가 촘촘하고 경비 아저씨가 성실하게 막고 있기 때문에 창문을 통해 나갈 수밖에 없었다. 다행히 1학년은 2층 기숙사여서 밖으로 나가기 그리 어렵지 않은 환경이다.

　옷을 이어서 만든 줄이 튼튼한지 다시 한번 확인했다. 옷을 침대 다리에 단단히 묶고 잡아당겼다. 튼튼했다. 내가 먼저 줄을 잡고 창문을 넘었다. 옷으로 만든 줄 중간 중간에 마디가 있어서 미끄럽지 않았다. 엉덩이를 뒤로 빼고 발로 창틀과 벽을 짚으며, 마치 특공대원처럼 아래로 내려갔다. 준영이도 창문을 넘은 뒤 나와 같은 방법으로 내려왔다. 나는 끝까지 내려온 뒤에 줄을 놓았는데, 준영이는 중간에 줄을 놓고 풀쩍 뛰었다.

"앗!"

준영이가 균형을 잃고 넘어졌다.

"괜찮냐?"

준영이를 부축하려는데 갑자기 빛이 번쩍였다.

"거기 누구요?"

경비 아저씨 목소리였다.

기다란 불빛이 흔들리면서 나와 준영이가 있는 쪽으로 다가왔다. 다시 줄을 잡고 올라갈 새가 없었다. 위에 있던 민수와 병수도 경비 아저씨 목소리를 들었는지 재빨리 줄을 잡아당겨서 숨겼다. 바닥은 나무가 없는 잔디밭이어서 몸을 숨길 곳이 마땅치 않았다. 숨을 곳은 건물 벽 옆에 살짝 튀어나온 기둥 뒷면밖에 없었다. 나와 준영이는 벽면과 연결된 기둥 뒤로 몸을 숨겼지만, 벽과 붙은 기둥이 그리 두껍지 않아 몸을 모두 숨기지는 못했다. 벽 쪽에 붙어서 보면 안 보이겠지만 조금만 각도를 달리해서 보면 바로 눈에 뜨일 수밖에 없는 상황이었다.

"혹시, 거기 사람이요?"

경비 아저씨 불빛은 더욱 가까워졌고, 흔들리는 불빛에 따라 가슴도 따라 흔들렸다. 내려오자마자 들키다니 재수가 없었다. 치킨이 아득하게 멀어져 가며 다리에 힘이 쭉 빠졌다.

그때였다.

"어! 아저씨!"

병수가 창밖으로 고개를 삐죽 내밀었다.

"어, 병수구나!"

내 쪽을 향하던 불빛이 2층 창문으로 향했다.

"거기서 뭐해?"

경비 아저씨와 병수는 꽤 가깝다.

"답답하고, 공기도 시원해서 그냥 구경하고 있어요."

"공기가 시원하긴 하지."

"밤늦게까지 돌아다니면 힘들지 않으세요?"

"그래도 아직 학생들이 다 잠들지도 않았는데, 순찰을 다녀야지."

"몸 아프지 않게 조심하세요."

"허허허, 우리 자식도 하지 않는 말을……."

맑은 웃음소리가 들리고 불빛이 다른 곳을 향했다.

"병수 학생도 늦지 않게 자."

"네. 안녕히 주무세요."

불빛이 사라지자 귀뚜라미 소리가 유난히 크게 들렸다. 긴장으로 날뛰던 심장도 차분해졌다. 나와 준영이는 경비 아저씨가 완전히 사라진 걸 확인하고 기둥 뒤에서 나왔다.

창문에서 병수가 우리를 보며 손을 흔들었다. 나는 엄지손가락을 높이 치켜세웠다. 병수를 방에 남겨 둔 결정은 정말 탁월했다. 만약 민수나 준영이가 있었다면 우리는 꼼짝없이 들통나고 말았을 것이다.

수상한 기숙사의 치킨게임

나와 준영이는 빠른 걸음으로 잔디밭을 가로지른 뒤 담장을 넘었다. 준영이가 먼저 담을 넘고, 내가 막 담을 넘을 때 멀리서 경찰차 소리가 들려왔다.

치킨을 향해 가는 길

우리는 곧바로 골목으로 들어서서 치킨가게 방향으로 걸었다. 큰길 쪽과 달리 가로등이 그리 밝지 않았다. 주택 창문도 거의 대부분 불이 꺼져 골목길에 어둠을 더했다. 학교 앞에서는 시원하던 바람이 골목에서는 약간 서늘하게 느껴졌다. 혼자서는 걷기 싫은 길이었다. 옆에 준영이가 있으니 든든했다.

"너는 치킨 말고 좋아하는 음식 없냐?"

말없이 골목길을 걷다가 준영이가 물었다.

"치킨 다음은 냉면이지."

"나도 냉면 좋아하는데."

"겨울에 먹는 냉면이 최고야."

"나는 여름 냉면이 좋은데."

"원래 메밀이 겨울에 나서 냉면은 겨울 음식이래."

"추울 때 차가운 냉면이라니, 좀 그렇지 않냐?"

"옛날 사람들은 추울 때 냉면을 차갑게 먹고, 뜨거운 방에서 몸을 녹였대. 생각해 보면 아이스크림도 여름보다 겨울에 먹을 때 더 맛있잖아."

"그렇긴 해. 아주 묘한 매력이 있지."

치킨을 먹으러 가는데 냉면도 먹고 싶었다. 아무래도 집에 돌아가면 냉면과 치킨을 같이 먹어야겠다.

"나는 물냉면은 맛있는데 비빔냉면은 별로야."

준영이가 말했다.

"그래? 나는 비냉이 더 끌리는데."

"물냉은 시원한데, 비냉은 조금 매워. 난 매운 걸 잘 못 먹거든. 살얼음이 떠다니는 시원한 육수 국물에, 탱탱한 면발, 그리고 오이와 계란……, 상상만 해도 군침이 돈다."

"비냉은 강해. 바로 그게 매력이야. 입안을 자극하는 맛이 일품이야. 무엇보다 비냉은 잘 구운 고기 몇 점과 같이 먹을 때 그 맛이 죽이지."

"고기와 비냉을?"

"안 먹어 봤어? 헐, 나중에 꼭 먹어 봐. 비냉은 고기와 먹어야 해."

"고기 먹으면 보통 물냉 먹지 않냐?"

"아니라니까. 고기를 먹을 때 비냉을 같이 먹어 봐. 고기 한 점을 매콤한 면발 위에 얹은 뒤, 한꺼번에 입에 넣으면… 고기와 메밀면과 양념이 삼위일체가 돼. 캬~~! 그 맛은 잊을 수가 없을걸."

"그래? 먹어 봐야겠네. 냉면 이야기를 했더니 괜히 더 배가 고프네."

골목길 끝에 우리가 가려고 하는 치킨가게가 보였다.

"너는 탕수육 시키면 소스를 부어서 먹냐, 찍어서 먹냐?"

"부어서 먹는 부먹이냐, 찍어서 먹는 찍먹이냐? 흠, 늘 고민이긴 하지."

"나는 찍어 먹어야 좋아. 바삭한 채로 먹고 싶거든. 양념 양도 내 마음대로 선택할 수 있고."

"그래? 나는 찍먹도 좋지만 부먹이 더 좋아. 양념이 탕수육에 스며들어야 맛이 제대로 나는데 찍먹은 맛이 겉돌거든."

열 걸음 정도 떨어진 곳에 골목과 큰길이 만나고, 그 귀퉁이에 우리가 가려고 한 치킨가게가 보였다.

"그래도 바삭함이……."

준영이가 바삭함을 다시 강조하려 할 때였다. 갑자기 빨간 빛이 우리를 가로막았다.

"잠시 검문 있겠습니다."

빨간 빛을 내는 경광봉(警光棒)을 든 경찰이었다.

"서북경찰서 현승철 순경입니다. 근처에서 2인조 강도 사건이 발생하여 검문을 하고 있으니, 신분증을 제시해 주시기 바랍니다."

현승철 순경은 우리 앞을 가로막은 채 손을 내밀었다.

뒤에서 경찰 무전기 소리가 나기에 뒤돌아보니, 다른 경찰 한 명이 두어 걸음 떨어진 곳에 서서 옆구리에 손을 얹고 우리를 매섭게 노려보고 있었다.

경찰 불심검문은 처음 당해 보았기에 우리는 바짝 얼어붙었다.

"잘 못 들으셨습니까? 서북경찰서 현승철입니다. 2인조 강도 사건이 발생해서 검문 중입니다. 신분증을 제시해 주십시오."

여느 때 같으면 밤에 경찰을 만나면 안심이 되는데, 그 순간은 정말 무서웠다. 우리가 강도도 아니고, 그저 치킨을 사 먹으러 기숙사를 몰래 탈출했을 뿐이지만, 잘못을 저질렀다는 생각에 우리도 모르게 간이 오그라든 것이다.

"신분증 없는데요."

내가 겨우 용기를 내서 대꾸했다.

그 순간 현승철 순경 눈매가 날카로워졌다.

"가방 좀 열어 보실까요?"

거절할 배짱은 없었다. 열어 봐야 아무것도 없으니 가방을 보여 주지 않을 이유도 없었다. 나는 한 걸음 옆으로 간 뒤 가방을 벗었다. 가방을 벗으면서 보니 뒤에 선 경찰이 허리에 찬 총에 손을 얹는 게 보였다. 여차하면 총을 뽑을 기세였다.

현승철 순경은 내 가방을 받아 들고 안을 살폈다. 가방은 텅 비어 있었다. 치킨을 넣어 가려고 가져온 가방이니 당연했다.

"빈 가방을 메고 어디 가는 겁니까?"

가방을 돌려주며 현승철 순경이 물었다.

"저기 치킨 사 먹으러……."

나는 손가락으로 길모퉁이 치킨가게를 가리켰다.

현승철 순경은 흘깃 뒤쪽 치킨가게를 보더니 다시 물었다.

"치킨을 사러 나오는데 왜 빈 가방을 메고 나옵니까?"

"저희는 요 앞 고등학교 기숙사 학생입니다. 밤에 배가 고파서 치킨을 사 먹으려고……."

"고등학생입니까?"

현승철 순경이 피식 웃었다.

우리를 따갑게 옥죄어 오던 긴장감이 일순간 풀어졌다.

"좋습니다. 이름을 알려 주십시오. 학교 기숙사에 연락해서 신원 확인이 되면 보내 드리겠습니다."

이런 맙소사!

서늘한 밤공기였는데 손에 땀이 배었다. 여기까지 와서 들키고 마는 건가? 경찰에게 다른 이름을 댈 수도 있지만, 그랬다가는 뒤탈이 날 가능성이 컸다. 없는 이름을 댔다가는 바로 들통날 것이고, 기숙사에 있는 학생 이름을 대도 나중에 들통날 가능성이 높았다. 완전히 사면초가였다.

"이름, 안 알려 주실 겁니까?"

현승철 순경이 매섭게 다그쳤다.

수상한 기숙사의 치킨게임

어쩔 수 없었다. 치킨가게를 열 걸음 앞두고 내 욕망은 장벽에 가로막혀 허공으로 사라지고 말 운명이었다.

"저는 송인욱, 얘는 박준영입니다."

"송인욱, 박준영, 몇 학년입니까?"

현승철 순경은 꼬박꼬박 존댓말을 썼는데, 그러니 더 압박감이 느껴졌다.

"1학년입니다."

"잠깐 기다리십시오."

현승철 순경이 무전기를 꺼냈다.

"여기는 부엉이, 여기는 부엉이, 신분 확인 요청합니다. 이름은……."

그때, 갑자기, 후다닥 뛰어가는 발소리와 호루라기를 부는 소리가 들렸다.

"부엉이, 부엉이! 14-2지점으로 출동 요망! 2인조 용의자 발견! 용의자 발견!"

뒤에 있던 경찰 무전기에서 긴급한 목소리가 흘러나왔고, 그와 동시에 두 순경은 모든 행동을 멈추고 엄청나게 빠른 속도로 골목 쪽으로 사라졌다. 준영이와 나는 얼굴을 마주본 후, 재빨리 치킨가게로 뛰어갔다.

그런 꿈을 꿔 본 적 있는가? 괴물이 쫓아오는데 발에 돌덩이를 매단 듯 잘 떨어지지 않는 꿈 말이다. 단 몇 걸음이었지만 내 발은 악몽 속에서 잘 움직이지 않는 돌덩이 같은 발이 되었다. 돌덩이를 묶은 발을 겨우 옮겨 치킨가게 앞에 섰다. 치킨가게 문을 마주한 뒤에야 묵직했던 돌덩이가 발에서 사라졌다.

치킨이 익어 가는 시간

치킨가게 문 앞에 서자 치킨가게에서 풍기는 냄새가 진하게 울렸다. 치킨 냄새는 악몽 속에 갇혀 있던 기분을 삽시간에 천국으로 끌어올렸다. 늪에 빠져 허우적거리던 몸이 구름 위로 두둥실 떠올랐다. 우리는 머뭇거리지 않고 치킨가게 문을 열고 안으로 들어갔다.

"어서 오세요."

맑고 밝은 목소리가 우리를 맞이했다.

사 가기로 한 치킨을 바로 주문하고 돈을 건넨 뒤 의자에 털썩 주저앉았다. 다리에 힘이 하나도 없었다. 긴장에 배고픔까지 겹쳐진 탓이었다.

"뛰어왔어요? 엄청 힘들어 보이네."

주인아주머니가 친절하게 물었지만 우리는 어색하게 웃을 뿐 아무런 대꾸도 하지 않았다. 아주머니는 빙그레 웃더니 우리가 먹을 치킨을 준비해서 팔팔 끓는 기름에 넣었다.

촤아아악~~~~

아! 이 소리!

오랜 가뭄 끝에 굵은 빗줄기가 자동차 지붕을 처음 때릴 때처럼 시원했다. 잇따라 굵은 소리를 내며 한 조각, 한 조각 기름 속으로 풍덩 뛰어들었다. 기름으로 들어간 치킨 조각은 장맛비가 아스팔트 길 위에 떨어지듯 맑고 시원하게 바스락거렸다. 친구들과 축구를 하며 운동장에서 땀을 흠뻑 흘리고 샤워실로 뛰어 들어가 곧바로 시원한 물을 뒤집어쓰는 상쾌함이었다. 뜨거운 여름 한낮에 시원하고 깨끗한 계곡물이 돌과 돌을 휘감아 흘러내리며 빚어내는 싱그러움이었다. 이제 막 고개를 내민 어린 잎사귀를 봄바람이 쓰다듬으며 지나가는 해맑음이었다.

저녁 급식 때부터 쌓였던, 아니 고등학생이 된 뒤로 오랫동안 쌓였던 해묵은 체증이 한꺼번에 튀김 소리에 실려 저 멀리 깊은 밤하늘로 사라져 갔다. 태어나서 처음으로 당한 불심검문이 안겨 준 두려움도, 용감하게 탈출했지만 혹시 걸리면 어쩌나 하는 걱정도 토도도토토도독 익어 가는 치킨 소리에 땅속 깊이 묻혀 갔다.

내가 세상에서 둘째로 좋아하는 소리,
치킨이 익어 가는 소리가 가득한 이곳에

치킨이 익어 가는 소리보다 좋아하는 소리는 딱 하나밖에 없다. 치킨을 먹을 때 내 입에서 고막으로 직접 전해지는 소리, 오직 그 소리만 치킨이 익어 가는 소리보다 나를 행복하게 한다. 치킨을 먹을 때는 맛으로만 먹지 않는다. 소리와 냄새와 시각과 촉감도 같이 써서 먹어야 한다. 내 온몸은 벌써 치킨을 먹는 기쁨에 젖어 만족감으로 물들어 갔다.

나는 유달리 치킨이 익어 가는 소리를 좋아한다. 그러다 보니 나는 치킨을 먹을 때 집에서 시켜 먹는 것보다 직접 치킨가게에 가서 사 오는 걸 더 좋아하는 편이다. 남들은 기다리는 시간이 지겹다고 하지만 나는 기다리는 시간이 좋다. 치킨이 익어 가는 시간은 그 어떤 고민도 괴로움도 들어올 틈이 없다.

물론 집으로 배달해서 먹을 때도 치킨을 기다리는 시간이 참 좋다. 평소에 집안일을 시키면 어떻게든 안 하려고 하지만, 치킨을 기다릴 때는 상도 닦고 먹을 준비도 내가 직접 한다. 치킨은 나를 성실하게 만든다. 벨이 울리면 내가 가장 먼저 뛰어나가 치킨을 받아 온다. 냄새도 가장 먼저 맡는다. 치킨이 반갑기도 하지만 냄새도 내가 먼저 차지하고 싶은 욕심 때문이다. 나는 치킨 냄새조차 다른 사람에게 뺏기기 싫다.

치킨 익어 가는 소리에 취해 기쁨에 젖어 드는데, 그 모든 흥을 깨뜨리는 소리가 들렸다.

"에이, 그건 아니지!"

처음에는 착각인 줄 알았다.

설마, 그 목소리가, 이 시간에, 여기서…… 날 수는 없다.

"아니야! 아니야!"

절대 아니어야 한다.

"그건 정말 아니야!"

착각이 아니었다. 아니길 바랐지만, 구미호였다. 우리가 치킨가게에 들어온 순간부터 가게 안쪽에서 나던 남자 목소리는 구미호가 아니었다. 한동안 그 목소리만 들렸기에 맞은편에 앉은 사람이 구미호일 거라는 어림은 티끌만큼도 하지 못했다.

천국 문 앞에서 방글거리며 웃던 우리는 곧바로 지옥문 앞으로 추락했다. 준영이도 놀라며 잿빛이 된 얼굴로 나를 쳐다봤다. 나도 준영이를 봤다. 아마 내 얼굴빛도 준영이 못지않게 참혹해졌을 것이다. 빨리 대책을 세워야 한다. 멍하니 있다가 구미호가 나오기라도 한다면 끝장이다. 치킨 값은 지불했고, 치킨도 익어 가는데, 이런 상황에서 걸린다면 최악이었다.

나는 일단 준영이에게 밖으로 나가 있으라고 손짓을 했다. 그러고는 아주머니에게 손짓으로 종이와 볼펜을 달라고 부탁했다. 아주머니는 눈썹을 치켜뜨며 무슨 일인지 궁금해하는 기색이었지만 직접 물어보지는 않았다.

잠깐 나가서 기다릴게요. 다 되면 밖으로 손짓해 주세요. 부탁합니다.

아주머니는 종이를 가만히 들여다보더니 빙그레 웃으며 고개를 끄덕였다.

나는 치킨가게 문을 열려고 손잡이를 잡았다. 바로 그때 안쪽에서 의자를 끄는 소리가 들렸다.

"화장실 좀 다녀올게."

구미호였다.

등골이 오싹해지면서 다리가 떨렸다. 손도 떨렸다. 조금만 지체했다가는 그대로 걸릴 게 뻔했다. 떨리는 손으로 문을 밀고, 힘이 빠진 다리를 옮겨 문을 열고 밖으로 나왔다. 문밖에는 준영이가 기다리고 있었다. 나는 준영이 손을 잡고 골목으로 끌었다. 우리가 막 골목으로 들어섰을 때 치킨가게 문이 다시 열리는 소리가 났다. 준영이는 영문도 모르고 나에게 이끌려 뛰었다. 우리는 주택가 벽에 바짝 붙어서 전봇대 뒤로 몸을 숨겼다.

구미호가 흥얼흥얼 노래를 부르는 소리가 들렸다. 그 소리가 점점 커졌다. 구미호가 우리 쪽으로 다가오고 있었다. 준영이도 그 소리를 들었는지 긴장으로 팔이 딱딱하게 굳었다. 나는 온몸을 최대한 축소시켜 전봇대 뒤로 숨기려고 애썼다. 구미호는 전봇대 바로 앞까지 와서는 건물 옆에 있는 화장실 문을 열었다. 끼이익 소리와 함께 구미호가 화장실 안으로 들어갔다. 전봇대에 몸을 숨기고 그대로 있을지, 아니면 더 멀리 도망칠지 판단하지 못하고 머뭇거렸다. 더 멀리 피하려다가 잘못하면 들킬 수도 있다는 걱정에 결정을 내리지 못하고, 그 자리에 그대로 있었다. 조금 뒤 다시 화장실 문이 열리는 소리가 들렸다.

"아! 시원하다."

구미호는 화장실에서 나와서는 전봇대 바로 앞에 섰다. 우리와 구미호 사이 거리는 숨소리도 들릴 만큼 가까웠다.

'뭐야! 왜 곧바로 가지 않는 거야?'

심장이 팔딱팔딱 뛰었다. 심장 뛰는 소리가 구미호 귀에 들리지 않기를 간절히 바랐다.

'이대로 들키고 마는 걸까?'

혹시 숨소리를 듣고 우리 존재를 알아차릴까 봐 숨도 내쉬지 않고 참았다.

'멀리 도망칠걸'

후회했지만 이미 늦었다.

"으쌰, 으쌰! 아, 기분 좋~~~네."

구미호는 전봇대 앞에서 동네 아저씨 같은 소리를 내질렀다.

더는 숨을 참을 수가 없었다. 이러다 크게 숨을 내쉬면, 구미호가 전봇대 뒤에 있는 우리 존재를 알아차릴 것만 같았다. 입술을 깨물었다. 손으로 코를 틀어막았다.

구미호가 움직이는 발소리가 들렸다. 조금씩 멀어졌다. 아직 안심할 수 없었다. 끝까지 숨을 참았다. 발소리가 들리지 않았다. 혹시 모른다. 아직 귀퉁이를 벗어나지 않았을 수도 있다. 더는 숨을 참을 수 없었다. 입을 손으로 가린 채 아주 천천히, 느리게, 숨을 가늘게 내쉬고 들이마셨다.

"야, 갔냐?"

준영이가 귓엣말로 물었다.

나는 슬그머니 고개를 내밀었다. 구미호가 보이지 않았다. 나는 전봇대에 다시 몸을 숨기고 고개를 끄덕였다.

"어떡하냐?"

"아주머니가 손짓하면 나가야지."

"아주머니가 우리 있는 쪽으로 손짓해 주실까?"

그게 걱정이기는 했다. 치킨가게 문은 큰길 쪽이어서 골목에서는 보이지 않기 때문이다. 그렇다고 큰길 쪽에 나가서 기다릴 수는 없었다. 언제 구미호가 밖으로 나올지 모르고, 큰길가는 그 넓이만큼 들킬 가능성이 높았기 때문이다.

"그러길 바라는 수밖에. 아니면 조금 있다가 우리가 가 봐야지 뭐."

우리는 전봇대 뒤에 몸을 숨기고, 고개를 살짝 내민 채 기다렸다. 기다리는 시간이 지루한 수업 시간보다 백 배, 천 배는 더 느리게 흘렀다. 아무리 기다려도 아주머니가 신호를 보내 주지 않았다. 아무래도 가게로 가 봐야 할 듯했다. 내 경험상 치킨은 이미 준비됐다. 아주머니는 가게 문밖으로만 나와서 신호를 했을 것이다. 골목 쪽에 우리가 숨어 있으리라고는 생각지도 못할 것이다. 이대로 기다릴 수는 없었다. 어쩔 수 없었다. 치킨가게로 가서 맛있게 튀긴 치킨을 받아 오기만 하면 된다. 잠깐이다. 그 시간에 구미호가 나오지만 않는다면, 우리는 맛있는 치킨을 무사히 두 손에 쥐게 된다.

"내가 갈게."

"괜찮겠어?"

"방법이 없잖아."

"조심해."

준영이가 내 손을 꼭 쥐었다가 놓았다.

나는 깊이 숨을 들이마신 뒤 치킨가게 쪽으로 성큼성큼 다가갔다. 이럴 때 머뭇거리면 안 된다. 하기로 한 이상 과감해져야 한다. 골목 끝에서 막 큰길 쪽으로 몸을 돌리려는데 치킨가게 문이 열리는 소리와 함께 구미호 목소리가 들렸다.

"아, 배도 부르고 딱 좋네."

"나오길 잘했지?"

구미호가 같이 치킨가게에 있던 친구와 가게 문을 열고 나오고 있었다. 나는 그대로 몸이 굳었다. 최대한 몸을 벽에 바짝 붙였다. 숨도 멈추었다.

"아내가 또 구박을 하겠지만, 치킨 참 맛있네."

"치킨에 맥주! 힘들 땐 딱이지."

구미호는 내 바로 옆을 지나갔다. 한 걸음밖에 떨어지지 않은 거리였다. 구미호 숨소리가 들렸다. 구미호 입에서 나는 맥주와 치킨 냄새가 내 코끝으로 전해졌다. 천만다행으로, 구미호는 내 쪽으로 고개를 돌리지 않았다. 구미호 뒷모습이 보였다. 저러다 뒤를 돌아보면 어쩌나 긴장하며 잠시도 구미호 뒤통수에서 눈을 떼지 못했다. 작은 움직임이 구미호 고개를 뒤로 돌리게 만들까 봐 머리카락 한 올도 움직이지 못하게 붙잡았다. 구미호가 멀리 사라지고 나자 나는 가늘고 긴 숨을 내쉬었다. 긴장으로 쥐가 났는지 다리가 찌릿찌릿했다. 엄지발가락을 당겼다. 종아리 근육이 팽팽하게 당겨지면서 찌릿함이 조금씩 줄어들었다.

한 번씩 다리를 들었다 놓았다. 움직일 만했다. 몸을 움직여 치킨 가게로 가려는데…….

툭~!

어떤 손이 어깨에 닿았다.

끝장이다!

젠장~!

"갔냐?"

준영이었다.

"야, 이, 뭐야? 놀랐잖아!"

말은 그렇게 했지만 마음이 놓였다.

"나도 지켜보면서 미치는 줄 알았어."

"빨리 받아서 가자! 치킨 하나 먹는데 뭐 이렇게 험한 일이 많냐!"

욕망을 지고 정의 앞에 서다

종이 상자에 든 치킨을 가방 안에 반듯하게 넣고 가방을 멨다. 병수가 부탁한 불닭볶음면을 사러 가까운 편의점으로 향했다. 편의점은 큰길을 따라 조금 걸어가야 하는 곳에 있다.

"치킨이면 됐지 뭔 불닭볶음면이냐!"

내가 투덜거렸다. 경비 아저씨에 경찰에 구미호까지 겪다 보니 더는 고생하고 싶지 않았다. 되도록 빨리 기숙사로 가서 치킨을 맛있게 먹고 싶었다.

"매운 맛을 찾다니, 나로서는 이해가 안 되지만, 먹고 싶으면 먹어야지."

여느 때 같지 않게 준영이가 마음 넓은 소리를 했다.

"걔가 요즘, 매운 맛에 제대로 꽂힌 건 아는데……."

"뭐든 끌릴 때가 있잖아."

뭐든 끌릴 때가 있다는 말은 나도 동의한다. 괜히 치킨이 끌릴 때가 있다. 특히 밤 12시가 넘어갈 때 치킨이 끌린다. 치킨은 깊은 밤에 더 끌린다. 어둠과 치킨이 왜 잘 어울리는지 모르겠지만 둘은 궁합이 잘 맞는다. 고기는 낮에 구워 먹어도 맛있는데 치킨은 낮보다 밤이 훨씬 잘 어울린다. 짜장면은 이사할 때 맛있고, 눈이 오면 어묵이 맛있고, 비가 오면 파전이 맛있고, 추우면 냉면이 맛있다. 병수 마음을 헤아리니 꼬인 심사가 깨끗이 풀렸다.

편의점에 들러서 불닭볶음면 1개를 샀는데, 돈이 조금 남아서 일반 컵라면도 1개 샀다. 컵라면을 가방에 넣고 비닐봉지 세 개도 챙겼다. 편의점에서 기숙사로 가려면 치킨가게에서 갈 때보다 조금 돌아야 한다. 돌아가는 길이었지만 도리어 괜찮았다. 처음에 왔던 길은 기숙사와 거리는 가깝지만 경찰이 검문을 할 수도 있다. 그렇지만 편의점에서 기숙사로 가는 길은 조금 돌아가기는 하지만 경찰이 검문하는 모습은 보이지 않았다.

가방 속 치킨이 자아내는 은은하고 고소한 향기가 발걸음을 가볍게 했다. 바람마저 선선하게 불면서 움직임에 경쾌함을 더했다. 준영이와 나는 싱글벙글 수다를 떨며 빠른 걸음으로 기숙사를 향해 나아갔다. 바람이 물결을 타고 흐르듯 나아가던 발걸음은 어둠 속에서 들리는 욕설에 우뚝 멈췄다. 몹시 귀에 거슬리는 욕설이 어둠 속에서 쉼 없이 들렸다. 말투에도 불량기가 잔뜩 실려 있었다. 목소리를 들어 보니 두 사람이었다.

두 사람, 2인조, 경찰 검문! 설마!

나는 준영이 팔을 잡고 뒷걸음질을 쳤다. 준영이도 뭔가 불길함을 느꼈는지 조심스럽게 나와 보조를 맞추며 뒤로 물러섰다. 뒷걸음질 치던 우리는 좁은 골목길 안으로 들어가 몸을 숨겼다.

"혹시, 경찰이 찾는 그 2인조 강도 아니야?"

최대한 목소리를 낮춰 준영이에게 말했다.

"그런 것 같은데……, 어떡하지?"

우리가 있는 곳까지 말소리가 뚜렷하게 들렸다. 아무리 봐도 경찰이 찾는 2인조 강도가 맞는 듯했다.

"신고해야 하지 않을까?"

준영이가 말했다.

당연한 말이었지만 선뜻 동의하기 어려웠다. 여느 때 같으면 주저하지 않고 경찰에 신고했겠지만, 상황이 여의치 않았다.

"신고하면 경찰을 만나야 하잖아. 그랬다가 우리가 기숙사에서 몰래 탈출했다는 사실이 드러나면 어떡해?"

"그렇긴 한데……."

나도 그냥 모른 척 피해 가는 게 옳다고 믿지는 않았다. 치킨 때문에 정의를 외면할 수는 없었다.

"신고할까?"

내가 말하자 준영이 얼굴에 갈등하는 속내가 있는 그대로 드러났다.

"그래도, 괜찮을까?"

"걸리면……."

처음 치킨을 사러 나올 때는 걸리면 걸리라는 심정이었다. 그렇지만 막상 내가 기숙사에서 쫓겨날지도 모르는 선택을 직접 해야 하는 상황에 몰리니 몹시 곤혹스러웠다. 어쩌면 치킨을 먹지 못할 수도 있다. 기숙사에서 쫓겨날 때 쫓겨나더라도 친구들과 같이 치킨을 먹고 싶었다. 그렇게만 된다면 쫓겨나도 상관없다는 생각이 들었다. 기숙사 창문을 넘어 탈출하던 순간 이미 걸릴지도 모른다는 각오는 했다. 새삼스럽게 겁먹고 싶지 않았다. 나는 겁쟁이가 되고 싶지 않았다. 겁쟁이는 치킨을 먹을 자격이 없다.

"걸리면 걸리는 거지 뭐."

"신고해야겠지?"

나는 고개를 끄덕였다.

"어떻게 할래?"

"한 명은 가고, 한 명은 지키자."

"내가 발이 빠르니까 신고하러 갔다 올게."

"그럼, 내가 지키고 있을 게. 빨리 다녀와."

준영이는 욕설이 들리는 쪽을 살피면서 우리가 왔던 길로 빠져나갔다. 준영이가 빠져나간 뒤 잠깐 정적이 흘렀다. 끊임없이 들리던 대화가 들리지 않았다. 시간이 얼마나 지났는지 모르겠다. 어쩌면 아주 짧은 시간이었을 수도 있고, 아주 긴 시간이었을 수도 있다. 시간이 어떻게 흐르는지 감이 사라져 버렸다. 고요함이 골목길을 한없이 짓눌렀고, 그만큼 긴장감도 올라갔다.

'혹시 다른 곳으로 가 버린 걸까?'

걱정되어 고개를 내밀고 골목 안을 깊이 살폈다. 아무런 움직임이 보이지 않았다. 아무래도 조금 다가가 살펴보는 게 좋을 듯했다. 몸을 골목길에서 빼내어 조금 움직이려고 할 찰나였다. 골목을 걸어온 바람이 등 뒤에서 앞으로 불었다.

"야!"

다시 소리가 들렸다.

얼른 몸을 뒤로 빼서 어둠 속으로 감췄다.

"이거 치킨 냄새 아냐?"

"치킨? 그러네. 어디서 나는 거지?"

"저쪽 아냐!"

"에이 씨! 배고프게, 이 오밤중에 누가 치킨을."

"확, 가서 빼앗아 먹고 싶네."

빼앗는다는 말이 그렇게 공포를 자아낼 줄은 미처 몰랐다. 치킨을 손에 넣기까지 몇 번이나 긴장하고 두려움에 휩싸이기도 했지만, 이 순간 찾아온 공포와 견줄 수 없었다. 상대는 2인조 강도로 의심되는 자들이다. 만약 2인조 강도에게 붙잡히면 크게 다치거나 심하면 죽을 수도 있다. 죽음은 영화나 소설에서만 나오는 낱말이었지, 내게 닥칠지도 모를 현실이라고 여긴 적은 한 번도 없었다. 2인조 강도가 어둠 속에서 칼과 죽음이라는 낯선 공포를 몰고 왔다. 공포에 짓눌리니 손발이 달달 떨렸다.

"야, 이거, 어째, 냄새가 가까운 곳에서 나지 않냐?"

"그러게?"

"집안이 아니라 밖에서 나는 것 같은데?"

"누가 치킨 사서 오는 거 아냐."

"오, 개꿀!"

어둠 속에서 발자국 소리가 들렸다. 발자국 소리는 점점 선명해졌다.

"야, 냄새가 진해."

"어쭈, 그러네."

목소리가 점점 가까워졌다.

가만히 기다리다가는 대책 없이 당할 수도 있었다. 속수무책으로 당하고 싶지는 않았다. 이를 악물었다. 손발에 힘을 주었다. 무릎을 펴고 몸을 구부렸다. 여차하면 뛸 자세를 갖추었다.

"잠시."

뛰기 전에 마지막으로 숨을 들이마시고 꾹 참았다.

"검문 있겠습니다."

경찰이다.

다행이다.

"왜, 왜죠?"

불량배 같은 분위기는 사라지고 겁을 잔뜩 집어먹은 목소리가 들렸다.

"서북경찰서 현승철 순경입니다. 근처에서 강도 사건이 발생하여 검문을 하고 있으니, 신분증을 제시해 주시기 바랍니다."

아까 만났던 그 순경이었다. 발자국 소리가 많이 들렸다. 경찰이 여러 명 온 듯했다.

그때 누가 어깨를 툭 쳤다.

"준영아!"

"쉿!"

준영이가 내 입을 손으로 가리더니 나를 잡아끌었다.

나는 준영이가 이끄는 대로 움직였다. 준영이와 나는 빠른 걸음으로 골목길을 빠져나와 기숙사로 향했다. 공포와 죽음과 칼은 어두운 골목길에 그대로 남겨 둔 채 행복과 기쁨을 품은 치킨만 나를 따라왔다. 기쁨과 공포, 다시는 이렇게 극과 극을 오가는 감정을 맛보고 싶지 않았다. 기숙사 담벼락을 붙잡고 힘을 주어 뛰었다. 이제 위험은 다 끝났다.

위기일발

기숙사 담벼락을 넘은 뒤 잔디밭을 가로질러 창문 아래로 갔다. 가늘게 휘파람을 불었다. 곧바로 창문이 열리고 병수가 고개를 내밀었다. 병수는 우리 모습을 확인하고 곧바로 옷으로 만든 줄을 아래로 내렸다. 나는 옷 끝에 가방을 묶었다. 가방을 꽉 묶은 뒤 끌어올리라는 손짓을 했다. 위를 보니 민수 얼굴도 보였다. 둘은 조심스레 줄을 당겼다. 가방이 조금 올라갔을 때 갑자기 바람이 세게 불더니 가방이 흔들리면서 창문에 부딪혔다. 귀에 거슬릴 만큼 강한 소리가 났다.

나와 준영이는 빨리 끌어올리라고 손짓을 했다. 민수와 준영이는 줄을 잽싸게 잡아당겼고, 가방은 무사히 창문 안으로 들어갔다. 드디어 천신만고 끝에 치킨이 우리 생활실로 들어간 것이다. 뿌듯했다. 감격스러웠다. 숱하게 겪은 위기와 시련이 치킨을 무사히 가져왔다는 성취감을 극대화했다. 다시 줄이 내려왔다. 준영이가 먼저 줄을 잡았다. 준영이는 줄을 잡고 빠른 몸놀림과 함께 2층으로 올라갔다. 마치 날다람쥐 같았다. 창문으로 사라진 준영이가 손을 흔들었다. 이제 나만 올라가면 오늘 우리가 도전한 치킨 사 먹기 게임은 완벽한 승리로 끝난다.

줄이 내려왔다. 줄을 잡았다. 배고픔과 긴장과 시련으로 힘이 많이 빠졌지만 2층까지 오를 힘은 남아 있었다. 일단 1층 창문으로 올라선 다음 줄을 잡고 발로 창틀을 밟았다. 위에 있는 친구들이 줄을 잡아당기면서 내 몸도 조금씩 위로 향했다. 2층 창문 중간쯤까지 몸이 올라갔다. 왼발은 창문틀에 대고 벽을 짚은 오른발을 조금 더 위로 올렸다.

"누구요?"

경비 아저씨였다.

아저씨! 왜 이렇게 성실하세요? 이 새벽에 왜 순찰을 다니시냐구요?

부지런한 경비 아저씨를 원망했지만 내가 어떻게 할 길이 없었다. 나는 밧줄을 놓고 훌쩍 뛰어내렸다. 그러고는 처음 경비 아저씨가 나타났을 때 몸을 숨겼던 곳에 다시 몸을 감췄다. 흔들리는 불빛이 다가오고, 경비 아저씨가 '누구요'를 외치는 소리가 들렸다. 처음과 끝이 이렇게 똑같다니, 나도 모르게 욕이 나올 뻔했다. 이번에도 병수가 똑같은 방법으로 경비 아저씨 시선을 뺏을 수는 없었다. 같은 상황에서 같은 방법을 쓰면 의심을 사기 마련이다. 도망칠 수도 없고, 그렇다고 그대로 기다릴 수도 없었다. 이러지도 저러지도 못하는 진퇴양난이었다. 경비 아저씨가 나를 발견하기 전에 되돌아가기를 바라는 수밖에 없었다. 운명이 내 편에 서기를 바랄 수밖에 없었다. 이런 비슷한 상황을 여러 번 겪다 보니 가슴이 뛰지도, 긴장도 되지 않았다. 될 대로 되라는 체념이었다.

불빛이 발 아래쪽을 비추었다가 위로 향했다. 아주 가까웠다. 경비 아저씨는 뒤로 돌아갈 생각이 없는 듯했다. 성실한 경비 아저씨는 결국 경비로서 맡은 일을 완수할 모양이다. 이렇게 걸리다니……, 그 어려운 걸림돌을 모조리 헤쳐 왔는데 막판에 걸리다니……, 아쉽고, 안타깝고, 서러웠다.

불빛이 더욱 다가왔다. 이제 몇 초 뒤면 게임은 패배로 끝나고 만다. 그토록 바라던 치킨은 나를 기다리며 저 위에 있는데, 나는 아래에서 붙잡힐 위기를 눈앞에 두고 있다. 슬픔과 분노가 뒤엉켰다.

'어차피 이렇게 된 거 정면 돌파하자!'

나는 걸려도 좋지만 치킨은 무사히 지켜야 한다. 경비 아저씨는 내가 치킨가게까지 다녀온 줄을 모른다. 이제 막 왔는지, 이미 다녀왔는지 알 수 없다. 그렇다면 뻔뻔하게 나가야 한다. 재수없게 시도하자마자 걸린 척하는 수밖에 없다. 물론 나 혼자 결심하고 실행하다 걸린 척해야 한다. 결심은 섰다. 불빛이 움직였다. 이제…….

퍽!

기숙사 담에서 소리가 났다.

"누구요?"

경비 아저씨가 다급하게 소리쳤고, 불빛이 담장 쪽으로 향했다. 불빛이 비치는 곳에 사람 2명이 보였다.

"누구야!"

경비 아저씨가 크게 소리쳤고, 그와 동시에 담장 밖에서 호루라기 소리가 날카롭게 울렸다. 담장 밖에서 무수히 많은 발자국 소리가 들렸고, 담장 안으로 뛰어든 두 사람은 황급히 학교 안쪽으로 도망을 쳤다. 경비 아저씨는 불빛을 비추고 소리를 지르며, 도망친 두 사람을 쫓았고, 조금 뒤 경찰들이 담장을 뛰어넘어 왔다.

"이쪽이에요."

경비 아저씨가 내지른 소리를 따라 담장을 넘은 경찰들은 호루라기를 불며 그 뒤를 쫓았다. 경찰이 운동장 쪽으로 뛰어가자 나는 재빨리 기둥 뒤에서 나왔다. 위를 보니 병수 얼굴이 보이고, 곧이어 줄이 내려왔다. 1층 창문 받침대로 올라와 줄을 잡고 위를 봤다. 그때 기숙사 창문 곳곳에 불이 들어왔다. 호루라기와 고함에 놀란 학생들이 일어나 불을 켜고 있는 것이다. 이대로 가다가는 들킬 듯했다. 더 숨어 있다가 움직이든지, 재빨리 올라가든지 선택해야 했다. 더 기다리기 싫었다. 별의별 일을 다 겪었다. 더 겪고 싶지 않았다.

손에 힘을 주고 줄을 잡아당겼다. 왼발은 창문틀을, 오른발은 벽을 밟았다. 줄이 위로 끌려 올라갔다. 나는 있는 힘을 다 짜내어 줄에 매달렸다. 몸은 아주 빠르게 위로 끌려 올라갔고, 곧이어 그립고 그리운 우리 생활실 창문에 도달했다. 민수 손이 맨 처음 나를 반겼다. 곧이 어 병수 손이 내 손을 잡아 주었다. 내 몸은 창문을 넘었고, 마침내 고 생이 끝났다는 생각에 다리에 힘이 풀리며 바닥에 풀썩 쓰러졌다.

그분을 만나는 시간

한동안 시끄럽던 기숙사는 시간이 흐르면서 점점 조용해졌다. 치킨과 컵라면이 든 가방은 화장실 안에 숨기고 불을 끈 채 각자 침대에 누워 안전하게 먹을 때를 기다렸다. 이 시간이 되면 가끔 B사감이 문을 열어서 잘 자고 있는지 확인하는 경우가 있어서 잠을 자는 척했다. 더는 치킨을 못 먹게 위협하는 방해꾼도 없으니 기다리는 시간이 마냥 즐거웠다.

기숙사가 고요해지고 난 뒤에도 치킨을 먹으러 움직이지 않고 조금 더 기다렸다. 만에 하나 있을지도 모를 일에 대비하기 위해서였다. 이 시간에 문을 열고 들어온 적이 없는 B사감이기는 하지만 밖에서 벌어진 소란 때문에 여느 때와 다른 움직임을 보일 수도 있기 때문이다. 처음엔 기다림이 설렜지만, 시간이 흐를수록 견디기 힘들었다. 저녁 급식을 제대로 먹지 못한 위장은 치킨을 달라고 아우성을 치고, 치킨을 품은 화장실은 문을 빨리 열어 달라고 몸부림쳤다. 집에서 치킨을 시키고 기다릴 때보다 훨씬 시간이 느리게 흘렀다. 기다림이 설렘에서 고통으로 완전히 변해 버린 순간, 더는 그대로 누워 있을 수 없었다. 나는 이불을 옆으로 밀치며 침대에서 몸을 일으켰다.

내 움직임을 감지한 애들도 하나씩 침대에서 일어났다. 침대에서 일어난 나는 깜깜한 생활실을 가로질러 화장실로 향했다. 껌껌했지만 화장실까지 가는 건 어렵지 않았다. 화장실 문을 열고 화장실 불을 켰다. 화장실을 밝힌 불빛이 생활실 안을 부드럽게 채웠고, 느리게 움직이던 친구들은 재빨리 화장실 안으로 들어왔다. 화장실은 세면실과 샤워실로 나뉘어 제법 넓었기 때문에 네 명이 들어가 앉기에 넉넉했다. 화장실 문을 닫고 안에서 잠갔다. 화장실 창문은 두꺼운 책과 검은 옷으로 촘촘하게 막았다. 혹시라도 빛이 밖으로 새어 나가 경비 아저씨 눈에 띄지 않도록 하기 위함이었다. 새벽에 화장실 불이 켜져 있는 게 이상하지는 않지만 혹시라도 모를 의심을 피하려고 한 조치였다.

이제 그분을 만날 시간이다.

먼저 바닥에 치킨 포장지를 넓게 펴서 깐다. 그 위에 문제집 몇 권을 깔고 다시 하얀 종이 몇 장을 얹는다. 프라이드치킨 한 마리와 매콤한 양념치킨 한 마리가 우리 입으로 들어올 준비를 마친다. 비닐 덮개를 떼어 낸 치킨 무와 양념장이 갖춰지고, 각자 나무젓가락을 쥐자 치킨 먹을 준비는 모두 끝난다.

나무젓가락을 쥔 채 우리는 서로 환하게 웃으며 기쁨을 나눈다. 눈빛을 주고받은 뒤 드디어 치킨을, 고귀하신 그분을, 향해 젓가락을 뻗는다. 말은 한마디도 하지 않지만 각자 무엇을 먹어야 할지 정확히 알고 있다. 준영이와 병수는 양념치킨에서 닭 다리를 집어 든다. 닭 다리를 감싼 진한 양념이 빙그레 웃는다. 나와 민수는 프라이드치킨에서 닭 다리를 집어 든다. 파도가 지나가고 남긴 물결이 흔들거리며 심장을 두근두근 자극한다.

내가 모든 치킨을 다 좋아하기는 하지만 아무래도 닭 다리가 가장 좋다. 닭 다리는 치킨을 가장 치킨답게 하는 부위다. 치킨을 먹은 초기에는 가장 좋아하는 닭 다리를 가장 나중에 먹으려고 아껴 두었는데, 먹다 보면 다른 사람 입속으로 들어가기 일쑤였다. 가장 맛 좋은 부위를 마지막에 먹음으로써 기쁨을 오래 누리고 싶은 의도였는데, 훼방꾼들 때문에 닭 다리를 지키기 힘들었다. '아끼면 똥 된다'는 속담이 딱 맞았다. 그래서 치킨을 먹을 때는 닭 다리부터 집어 들었다. 치킨을 닭 다리부터 먹는 습관이 든 뒤부터 내 성격이 바뀌었다. 그전에는 아무리 하고 싶어도 뒤로 미루기 일쑤였는데, 닭 다리를 먼저 먹는 습관이 든 뒤부터 욕망을 뒤로 미루지 않게 되었다. 나는 내가 가장 하고 싶은 일은 만사를 제쳐 놓고 먼저 하는 습성이 생겼다. 나는 절대 욕망을 뒤로 미루지 않는다. 마시멜로 두 개를 먹기 위해 몇 십 분을 참는 짓은 절대 하지 않는다. 기다렸다가 두 개를 먹기보다, 한 개를 먹더라도 욕망이 최고조에 오를 때에 먹는 게 훨씬 더 낫다고 믿는다.

나는 내 욕망에 따라, 닭 다리를 먼저 먹는다.

젓가락 사이에 안긴, 닭 다리를, 정성스럽게, 한입 베어 먹는다. 튀김옷과 닭 다리 살이 입안으로 들어온다. 혀가 번개처럼 움직여 튀김옷과 닭 다리 살을 껴안는다. 아래턱이 움직이며 이가 튀김옷과 닭 다리 살을 가로지른다.

바스락바스락!
쫄깃쫄깃!!
탱글탱글!!!

입안에서 부드러운 치킨 살을 씹어 먹는 소리가 파동이 되어 뇌와 뼈를 타고 고막으로 흘러 들어온다. 내가, 세상에서, 가장 좋아하는 소리, 가장 행복한 소리가 입안에서 머리로, 온몸으로 퍼져 나간다. 이 소리를 듣기 위해 겪은 모든 수고로움과 힘겨움이 봄바람에 민들레 홀씨가 날리듯 사라진다. 기쁨이 내 온 영혼을 보듬는다. 잿빛에 짓눌린 영혼이 무지개빛으로 영롱하게 빛난다.

닭 다리에 붙은 살을 단 1mm도 남기지 않고 모두 뜯어 먹는다. 더는 뜯어 먹을 살이 남아 있지 않음을 확인한 뒤에야 뼈를 내려놓는다. 넷이 내려놓은 뼈가 나란히 한곳에 모인다. 역시 내가 내려놓은 뼈가 가장 깨끗하다. 역시 치킨을 먹는 능력에서 나를 따라올 자는 없다.

닭 다리를 다 먹고 난 다음에 우리는 또다시 동시에 젓가락을 움직인다. 다리를 먹고 난 뒤에 젓가락이 향하는 부위는 날개다.

나는 날개를 먹는다.

통통한 살이 닭 다리가 지닌 으뜸 매력이라면 날개는 혀를 사로잡는 부드러움이 으뜸 매력이다. 닭 다리는 오동통하고 쫄깃한 살이 튀김옷을 이끌어 맛을 빚어낸다. 그 반면에 날개는 부드러운 살과 바삭한 튀김옷이 대등하게 짝을 이뤄 수평한 맛을 빚어낸다. 닭 다리로 얻은 기쁨이 닭 날개를 만나면서 하늘 높이 치솟는다. 이러다 이카루스처럼 해에 지나치게 가깝게 다가가 추락해 버리는 건 아닐까?

살이란 살은 모조리 삼키고 남은 앙상한 뼈를 내려놓는다. 날개 뼈가 나란히 놓이는데, 이번에도 나보나 깨끗하게 먹은 자는 없다.

쯧쯧쯧!
미숙한 풋내기들~!!

수상한 기숙사의 치킨게임

풍부한 맛을 만끽하고 잠시 쉬는 시간, 풋내기들은 치킨 무를 입에 넣는다. 풋내기들은 치킨을 먹을 때 꼭 치킨 무를 먹는다. 치킨 무를 먹음으로써 앞서 먹은 치킨이 남긴 맛을 지우고, 새로운 자극을 받아들이려는 의도다. 치킨 무를 통해 신선한 입맛을 끊임없이 되돌림으로써 최고 수준으로 맛을 유지할 수 있다고 여긴다. 치킨 무가 느끼함을 잡아 준다며 좋아하는 풋내기들도 있다.

나는 풋내기가 아니다. 나는 치킨 전문가다. 나는 치킨 무를 먹지 않는다. 치킨 무는 치킨 맛을 버린다. 오직 치킨으로 채워야 할 입맛에 끼어든 불청객이다. 치킨은 오직 치킨이 지닌 고유한 맛으로 즐겨야 한다. 불청객이 찾아오면 불청객을 상대하느라 손님을 제대로 대접하지 못한다. 맛도 마찬가지다. 치킨 무라는 불청객이 찾아오면 진짜 손님인 치킨을 제대로 대접할 수가 없다. 맛은 순수해야 한다. 그래서 나는 짜장면을 먹을 때도 단무지를 먹지 않는다.

치킨 무를 먹은 뒤, 이제부터는 각자 알아서 좋아하는 부위를 마음껏 먹는다. 나는 퍽퍽한 가슴살을 집어 든다.

나는 가슴살을 먹는다.

어떤 이들은 가슴살이 퍽퍽하다며 그리 좋아하지 않는데, 나는 가슴살도 좋아한다. 가슴살은 가슴살다운 매력이 있다. 특히 닭 다리와 날개를 넉넉히 즐기고 난 뒤에 맞이하는 가슴살은 짜릿한 록음악을 들다가 잔잔한 발라드를 듣는 듯 입안을 차분하게 다독인다. 자극만 줄기차게 가하면 쾌감은 더 이상 쾌감일 수가 없다. 강한 맛과 부드러운 맛이 번갈아 방문할 때 입이 느끼는 기쁨은 넓고 깊게 퍼진다.

준영이는 양념치킨이 매운지 연신 탄산음료를 마신다. 병수와 민수도 치킨을 다 먹기까지 여러 번 탄산음료를 마신다. 나는 탄산음료를 마시지 않는다. 탄산음료뿐 아니라 다른 음료도 되도록 마시지 않는다. 굳이 먹는다면 물을 가볍게 한 모금 먹는다. 물을 마시면 입안이 깔끔해진다. 침에 융해된 치킨 맛도 물과 함께 위장으로 넘어가면, 모든 침샘은 새로운 치킨을 맞이하기 위해 또다시 설렘으로 채워진다.

나는 다른 모든 치킨 부위를 골고루 먹는다.

점점 치킨이 줄어들더니 마침내 모든 치킨이 나와 병수와 민수와 준영이 몸속으로 사라지고 뼈만 남는다. 뼈에 붙은 살이 보여서 심히 거슬리지만, 우리 집에서라면 모든 살을 뜯어 먹었겠지만, 친구들과 함께하는 자리이기에 애써 참는다.

만족감이 혈관을 타고, 신경세포를 타고 몸 구석구석으로 퍼진다. 더는 욕망이 없다. 나는 이대로 좋다. 지금 이 순간이 내 인생에서 가장 좋다. 나는 이 순간이 마음에 든다. 친구들과 함께 치킨을 나눠 먹은 이곳이 정말 마음에 든다.

이 순간이, 이곳이, 내게는, 바로 천국이다.

이겼닭! 행복하닭!!

치킨을 다 먹었다. 치킨이 뼈로만 남는 동안 화장실 안에서는 말한마디 오가지 않았다. 치킨이 모든 말을 없앨 만큼 맛있기도 했지만, 혹시라도 말이 새어 나가 B사감 촉수에 걸리는 위험을 방지하기 위함이었다. 치킨을 다 먹고 우리는 서로를 보며 흐뭇한 웃음을 나누었다. 꽉 찬 만족감에 젖어 잠시 그대로 있었다.

가장 먼저 병수가 움직였다. 병수는 불닭볶음면을 오른손에 들고 흔들었다. 불닭볶음면을 먹겠다는 신호였다. 애들은 멍하니 병수를 보았다. 그러자 병수는 왼손에 컵라면을 들고 흔들었다. 먹을 사람이 있냐는 뜻이었다. 컵라면을 남겨 놔서 좋을 게 없었다. 괜히 생활실에 두었다가 B사감에게 걸리면 벌점만 받는다. 빨리 먹고 흔적을 지워 버리는 게 나았다. 그렇지만 나는 컵라면을 먹고 싶지 않았다. 치킨으로 넉넉했고, 치킨을 마지막 맛으로 간직한 채 잠들고 싶었다. 나는 더 이상 아무것도 바랄 게 없었다.

병수는 불닭볶음면과 컵라면을 먹을 준비를 했다. 화장실에 따뜻한 물이 나오기는 하지만 컵라면을 익혀 먹기에는 적절하지 않았다. 컵라면을 익힐 뜨거운 물이 나오더라도 이 시간에 물을 틀었다가는 촉수가 예민한 B사감에게 들킬 우려도 있었다. 기숙사 복도에 있는 정수기에서 뜨거운 물을 받으러 나갈 수도 없었다. 도대체 어떻게 하려는지 걱정하며 보는데 병수가 보온병을 꺼냈다. 우리가 치킨을 사러 나간 사이에 복도에 나가 뜨거운 물을 미리 받아 놓았던 것이다. 철저한 준비 정신이 기특했다.

뜨거운 물을 붓고 면이 익기를 기다리는 사이에 병수가 낮은 목소리로 말했다.

"내가 어릴 때 미국에서 지냈거든. 매운 음식을 아주 잘 먹는 편이라 미국 친구들이 놀라워했어. 미국 친구들은 라면에 스프를 절반에 절반만 넣어도 맵다고 난리인 애들이거든. 나는 스프를 절반 이상 넣고도 먹으니 엄청나다고 놀라워했지. 그러다 한국에 와서 스프를 라면에 다 넣고 먹는데, 매워서 못 먹겠는 거야. 라면을 먹고 매워하면서 눈물을 흘리니 다들 비웃더라. 그러다 불닭볶음면을 만났는데, 정말 끔찍하게 매워서 눈물을 흘리면서 먹었거든. 와, 그런데 다 먹고 나니 그렇게 짜릿할 수가 없는 거야. 그 짜릿함이 워낙 강렬해서, 그때부터 불닭볶음면은 내 사랑이 되었지."

면이 다 익자 병수는 뜨거운 물을 버리고 스프를 면과 뒤섞었다.

"전에는 치킨도 프라이드만 먹었는데, 불닭볶음면에 빠지고 나서 양념으로 바뀌었어."

말을 마치고 병수는 불닭볶음면 용기에 얼굴을 들이박을 듯한 모습으로 먹었다. 민수와 준영이는 컵라면을 먹었다. 나에게도 권했지만 나는 친구들이 먹는 모습을 지켜보기만 했다. 병수는 먹으면서 가끔 고통스런 표정을 지었고, 이마에 땀이 송글송글 맺혔다. 무척 매운 모양이었다. 민수와 준영이는 컵라면을 국물까지 싹 비웠다.

이제 치울 시간이었다. 컵라면 용기 때문에 흔적을 깨끗이 지우려면 물을 써야 했다. 나는 친구들에게 밖으로 나가라고 신호했다. 내가 치우겠다고 했다. 친구들은 이를 닦는 시늉을 했다.

"청소 끝내면 번갈아가면서 하자."

내가 조용히 말했다.

"혹시 모르니 자는 척하고 있어."

친구들은 내 말을 듣고, 바닥에 깔았던 문제집을 챙긴 뒤 조심스럽게 화장실 문을 열고 밖으로 나갔다.

화장실 문을 꼭 닫고 일단 뼈부터 치웠다. 뼈를 한 조각도 남기지 않고 모두 비닐봉지에 담은 뒤 단단하게 묶었다. 치킨 포장지와 바닥에 깔았던 종이는 부피를 최대한 줄여서 깔끔하게 정리한 뒤 비닐봉지에 넣고 꽁꽁 묶었다. 컵라면 용기와 젓가락은 물로 깨끗이 씻었다. 컵라면 용기를 부서서 부피를 최대한 줄였고, 나무젓가락도 잘게 쪼

125

갠 다음 비닐봉지에 넣고 묶었다. 비닐 세 봉지를 빈 가방에 넣었다. 이 비닐봉지는 기숙사 쓰레기통에 버리면 안 된다. 그러면 꼼꼼하게 청소를 하는 B사감에게 걸릴 수도 있기 때문이다. 마지막으로 빈 캔을 물로 깨끗이 씻은 뒤 소리가 나지 않도록 찌그러뜨렸다. 찌그러진 캔을 가방에 넣으려다가 굳이 그러지 않아도 될 듯했다. 기숙사 1층에 탄산음료 자판기가 있고, B사감도 생활실이나 자습실에서 탄산음료를 섭취해도 문제 삼지 않았기 때문이다. 그래서 캔은 생활실 재활용함에 버리기로 했다.

이제 치킨과 라면을 먹었다고 어림할 수 있는 흔적은 냄새만 남았다. 냄새를 없애려고 탈취제를 쓰기도 하는데 완벽하게 냄새를 없애지 못한다. 과자를 먹고 탈취제를 뿌렸지만, 냄새가 다 없어지지 않아 B사감에게 걸린 사례도 있었기에 냄새를 없애는 데 주의를 기울여야 했다. 우리 기숙사에서 냄새를 없애기 위해 쓰는 도구는 샴푸와 세정제다. 먼저 샴푸를 물에 타서 거품을 낸 뒤에 화장실과 샤워실 곳곳에 뿌렸다. 진한 샴푸 냄새가 치킨과 라면 냄새를 눌렀다. 그다음에는 세정제를 물에 풀어서 거품을 낸 뒤 다시 화장실과 샤워실 곳곳에 뿌렸다.

손으로 코를 잠깐 막았다가 다시 열었다. 냄새가 나는지 확인하기 위해서였다. 치킨과 라면 냄새가 거의 나지 않았다. 그래도 혹시 몰라 창문을 가린 종이와 옷을 떼어 내고 화장실 창문을 열었다. 시원한 공기가 화장실로 들어왔다. 혹시라도 먹은 흔적이 남았는지 꼼꼼히 살

핀 뒤 이를 닦고 가방을 들고 화장실 밖으로 나왔다. 찌그러뜨린 캔은 재활용함에 버렸다. 사물함에 가방을 넣고 침대에 눕자 준영이가 일어났다.

"야, 냄새 확인!"

내가 목소리를 낮춰 말했고, 준영이가 손으로 동그라미를 그리며 화장실로 갔다. 화장실에 다녀온 준영이가 손으로 가위표를 했다. 냄새가 안 난다는 표시였다. 병수와 민수도 화장실에 번갈아 다녀왔다. 이번에도 냄새가 안 난다는 표시를 했다.

냄새까지 완벽하게 지웠다. 그렇게 우리는 최종 관문을 돌파했다. 우리는 게임에서 이겼다. 치킨은 내 몸 곳곳을 누비며 더할 나위 없이 행복한 호르몬을 분비했다. 내가 즐겨 하는 어떤 게임은 경쟁자를 모두 물리치고 이기면 '이겼닭. 오늘 저녁은 치킨이닭!' 하는 문장이 뜬다. 내가 그 게임을 하는 까닭은 오직 그 문장 때문이다. 어떡하든 그 문장을 만나려고 그 게임을 열심히 했고, 가끔 승리자가 되어 그 문장을 만났을 때는 진짜 치킨을 먹은 것처럼 행복했다.

나는 잠들기 전에 그 문장을 살짝 비틀어서 속으로 외쳤다.

"이겼닭! 오늘은 치킨을 먹어 행복하닭!"

욕망을 채운 자

눈이 내리는 날 저녁, 나는 용돈을 받고 치킨가게 앞에 섰다. 치킨 가게 앞은 인산인해였다. 세상에서 가장 위대한 윙카 씨 치킨 공장을 방문할 수 있는 행운권 다섯 장이 세상에 뿌려졌고, 그 행운권을 얻기 위해 수많은 사람들이 치킨가게 앞에 줄지어 섰다. 가난한 우리 집은 치킨을 사 먹기 힘들었다. 나는 여섯 달치 용돈을 모두 모아 치킨을 샀다. 치킨을 사자마자 행운권에 당첨됐는지 확인했지만, 안타깝게도 아니었다. 깊은 절망에 빠져 집으로 왔다.

그날 밤 TV에서는 행운권을 얻은 사람들이 나타났다. 다음 날에도 다음 날에도 행운권을 얻은 사람이 나타났고, 마지막으로 한 장이 남았다. 아침에 일어나 저 멀리 보이는 윙카 씨 치킨 공장을 보며 제발 한 번만 들어가게 해 달라고 간절히 빌었다.

내 소원을 치킨 신이 들어주신 걸까? 하늘에서 꼬꼬댁 소리가 나며 종이가 쏟아졌는데, 손을 뻗어 한 장을 잡으니 거기에 윙카 씨 공장을 방문할 수 있는 행운권이 있었다. 이런 기적이~! 드디어 나를 비롯해 행운권을 얻은 사람이 윙카 씨 공장 앞에 모였다. 공장 문이 열리고… 마침내 그렇게 보고 싶던… 위대한 윙카 씨가 나타나려는데…….

'빰빠밤빠 빰빠빰바 빰~'

아, 안 돼! 윙카 씨 치킨 공장에 들어가야 한단 말이야.

귀를 틀어막고 이불을 뒤집어썼지만,

'빠라라밤 빰빰 빠라라 빰~'

"여러분, 기상 시간입니다. 안 일어나고 뭐하십니까?"

안 돼! 어떻게 얻은 행운권인데, B사감이라고 해도 윙카 씨를 이길 수는 없어.

덜컹!

"203호, 안 일어나십니까?"

윙카 씨 치킨가게는 사라지고…….

"빨리 일어나십시오. 아침 기상시간 위반으로 벌점을 받고 싶습니까?"

벌점이란 말에 나는 후다닥 일어났다. 눈을 뜨기 힘들었지만 몸은 이미 움직였다. 준영이, 민수, 병수도 벌떡 일어났다. B사감은 문을 열어 둔 채 절뚝이는 걸음걸이로 사라졌다. 다시 이대로 자고 싶었지만, 그랬다가는 벌점을 받을 뿐 아니라 청소상태를 집요하게 점검 당해야 한다. 다른 날이면 몰라도 오늘은 그런 점검을 받아서는 안 되었다. 최대한 조용히 아침을 넘기고, 가방에 든 흔적을 학교 쓰레기통에 버려야 한다. 세 시간 남짓밖에 못 잤기 때문에 무척 졸렸지만, 어젯밤에 맛본 기쁨 덕분에 그리 힘들지는 않았다.

이불을 개고, 옷을 정리하고, 바닥을 청소하고, 쓰레기를 깔끔하게 정리했다. 어젯밤에 정리를 잘해 놓았기 때문에 청소할 거리가 많지 않아서 시간은 얼마 걸리지 않았다. 청소를 마무리하고 애들은 씻으러 번갈아 화장실에 들어갔다.

"아, 참! 어제 태진이가 서명받으러 왔다 갔는데. 너도 해야 되지 않나?"

병수가 말했다.

치킨 때문에 깜빡 잊고 있었던 일이었다.

"아, 그 서명!"

"뭔지 알아?"

"그래, 대충 알아. 태진이한테 다녀올게."

우리 방에서 나만 어제 서명을 안 했다. 이런 일에 빠지면 배신이다. 아침에라도 가서 서명을 해야겠다고 마음먹고 우리 방에서 나와 태진이가 있는 방으로 걸어갔다. 방마다 문과 창문을 활짝 열어 놓고 청소를 하느라 분주했다.

"재활용품 처리를 아직도 제대로 못합니까? 음료수 캔은 깨끗이 씻은 뒤 찌그러뜨려서 넣어야 한다고 몇 번이나 말했습니까? 그냥 버리면 쓰레기예요. 아시겠습니까?"

위층에서 B사감이 지르는 소리가 기숙사를 쩌렁쩌렁 울렸다. 선배들이 있는 층인데 아무래도 어느 방에서 음료수를 마시고 캔을 제대로 씻지 않은 채 버린 모양이다.

'2학년이 아직도 저런 걸로 걸리다니, 쯧쯧쯧'

속으로 혀를 차면서 태진이 방으로 들어갔다.

태진이 방은 이미 청소를 끝내고 우리방과 마찬가지로 교대로 씻고 있었다. 태진이는 모든 준비를 마치고 교복까지 입은 상태였다.

"서명 하려고 왔는데, 안 늦었지?"

"늦기는……. 자, 여기!"

태진이는 가방에서 서명 용지를 꺼내서 내게 건네주었다.

서명 용지에는 큰 글씨로 '양규민 퇴소 조치 반대와 민주적 기숙사 운영을 촉구하는 의견서'라는 긴 제목이 달려 있었다. 의견서에는 양규민 퇴소 조치가 왜 부당하며, B사감이 기숙사를 관리하는 방식이 왜 민주주의 정신에 어긋나는지를 설명하는 문장이 가득했다. 뒷장으로 넘기니 1학년 애들이 한 서명이 쭉 이어져 있었다. 대충 봐도 1학년 기숙생은 거의 다 서명을 한 것 같았다. 나는 마지막에 내 이름을 쓰고, 서명 용지를 태진이에게 되돌려 주었다.

"2학년 선배들 이름은 없네?"

"2학년 대표를 만날 틈이 없었어. 오늘은 1학년 의견서만 내고, 대자보를 붙인 뒤에 2학년 선배 대표를 만날 거야. 3학년 선배들이야 수능이 얼마 안 남아서 어쩔 수 없고."

"너도 참 대단하다."

진심이었다. 나로서는 절대 흉내도 못 낼 열정이요 정의감이었다. 내가 B사감 눈을 피해 치킨을 먹으려고 애쓰는 동안, 태진이는 B사감 눈을 피해 의견서를 만들고, 서명을 받고, 대자보를 준비했다. 존경심마저 들었다.

"어른들은 왜 우리의 작은 일상까지 모조리 통제하려 드는지 모르겠어. 우리를 이 부조리한 입시체제 아래서 살아가게 하는 것으로도 모자라 사소한 욕망조차 자기들 멋대로 통제하려고 해. 우리가 살아갈 사회를 이렇게 엉망으로 만들었으면 그걸 바꾸려고 노력하거나, 최소한 우리들에게 미안하다고 해야 하는 거 아냐? 그러지는 못할망정 기숙사 생활마저 손아귀에 틀어쥐고 짓누르려고 하다니 말이 안 돼. 이대로 가면 규민이처럼 애꿎은 피해자만 더 늘어나고, 감당할 수 없는 상처만 잔뜩 입게 될 거야. 그건 교육이 아니라 억압이고, 나아가 폭력이야."

태진이는 서명 용지를 가방에 넣으면서 단호한 말을 쏟아 냈다.

"억압된 욕망은 언젠가 터지게 마련이야. 지나친 억압은 분노를 부르고, 일탈을 불러! 그 반면에 작은 일탈은 도리어 규칙을 지키게 만들어. 큰 일탈을 막으려면 작은 일탈을 용인해 줘야 해. 그래서 조선 시대에도 양반들은 탈춤을 통해 민중들이 양반을 비웃을 수 있는 마당을 열어 주었고, 외국에서는 카니발을 통해 평소에 쌓인 불만을 풀어낼 공간을 만들어 줬어. 그런데 지금 우리에게는 숨구멍이 없어. 숨 쉴 구멍조차 막아 버리고 대학 합격 통지서를 받기 전까지는 무조건 참으라고만 해. 그게 어떻게 어른으로서 할 짓이야?"

태진이는 정의감이 넘친다. 아마 대한민국 고등학생 가운데 가장 정의감이 넘치는 학생일 것이다. 부럽고 대단하다는 생각이 들지만, 그 순간 나는 치킨을 먹은 기쁨에 젖어 태진이가 벌이는 저항 행위에 적극 동조할 생각은 없었다. 나로서는 서명을 한 걸로 내 역할을 다했다고 여겼다. 나는 이미 욕망을 채운 자였고, 욕망을 채운 자는 욕망을 채우지 못한 자보다 저항의식이 누그러지기 마련이다.

태진이 방을 나와 우리 방으로 돌아가는데 우리 방에서 B사감이 나왔다. 청소 점검을 한 모양이었다. 나는 B사감을 보자마자 꾸벅 인사를 했다.

"안녕히 주무셨어요."

"아침부터 어디를 다녀오십니까?"

B사감은 인사는 받지 않고 나를 날카로운 눈으로 훑어봤다. 태진이 방에 다녀왔다고 솔직하게 말할 수는 없었다.

"수행 때문에 잠깐 상의할 게 있어서……."

"수행이요?"

B사감은 왼쪽 눈이 위로 치솟았다가 내려왔다.

"네! 학생주임 선생님이 야자 때는 수행을 못 하게 해서 모둠원들과 같이 할 시간이 없거든요. 그래서……."

"그래요?"

B사감은 고개를 갸우뚱 하더니, 절뚝거리며 나를 지나쳐 갔다.

아무리 봐도 B사감은 내 말을 믿지 않은 듯했다.

"무슨 일 있었어?"

나는 방으로 들어가자마자 물었다.

"재활용함을 뒤졌어."

준영이가 재활용함을 가리켰다.

조금 전에 2학년 선배들에게 B사감이 내질렀던 말이 떠올랐다. 혹시나 하던 걱정은 깨끗이 사라졌다.

"왜 그런지 모르겠는데, 갑자기 들어와서 재활용함을 살폈어. 옆방도 그랬나 봐."

나는 친구들에게 B사감이 왜 그렇게 다니는지 굳이 설명하지 않았다.

친구들은 나갈 준비를 모두 마쳤기에 나도 얼른 화장실에 들어가서 씻고 옷을 갈아입었다.

"저건 어떻게 들고 가서 버릴까?"

나는 손짓으로 사물함 안에 있는 가방을 가리켰다. 가방 안에는 비닐봉지 세 개가 들어 있다.

"비닐봉지가 몇 개야?"

나는 손가락 세 개를 폈다.

"각자 하나씩 넣고 가자. 한 명이 넣고 가면 가방 모양이 튈 수도 있으니까."

병수가 제안했다.

"아니야. 그건 수학으로 봤을 때 어리석은 선택이야. 만약 셋이 들고 가면 우리 가운데 75%가 범죄 증거물을 들고 가게 돼. 혼자서 들고 가면 확률이 25%고. 당연히 혼자 들고 가는 게 안전해."

수학을 근거로 이런 의견을 제시하는 사람이 누구인지는 굳이 말하지 않겠다.

나는 어떤 방법이든 상관없었다. 어차피 아침에 B사감이 가방을 검사하거나 잡은 적은 한 번도 없기 때문이다. 저녁에 들어올 때는 불시에 검문을 해서 소지품을 뒤지기도 하지만 아침에 교실로 가는 학생을 그런 식으로 조사한 적은 없었다.

"나는 뭐든 괜찮아."

내가 말했다.

이제 준영이 생각이 우리 선택을 결정하게 된다. 준영이는 잠시 팔짱을 끼고 고민했다.

"책임은 나눠 져야지."

준영이가 말했고, 우리는 준영이 말대로 하기로 했다.

비닐봉지는 나, 민수, 준영이가 각각 가방에 한 개씩 넣었다. 나한테는 뼈가 든 봉지, 민수는 치킨 포장지가 든 봉지, 준영이는 라면 용기가 든 봉지였다. 비닐봉지 소리가 나지 않게 하려고 일부러 책과 참고서와 문제집을 가방에 가득 넣었다. 가방을 메니 묵직했다.

서늘한 눈초리

기숙사에서 나오자마자 바로 옆에 있는 식당 건물로 갔다. 식당 입구 쓰레기통에 비닐봉지를 버리려고 했으나 다른 애들 눈치가 보였다. 우리가 비닐봉지를 버리면 친구들이 뭐냐면서 물어볼 수도 있었다. 아무래도 애들 눈을 피해서 버리는 게 나을 듯했다. 급식을 받고 친구들과 자리에 앉는데 B사감이 식당으로 들어왔다. B사감이 아침에 학생 식당에 온 적은 단 한 번도 없었기에 학생들 시선이 일제히 B사감을 향했다.

B사감은 식당 입구에 있는 쓰레기통 앞에 멈추더니 쓰레기통을 한 번 살펴보고는 팔짱을 딱 끼고는 식당 안을 쭉 훑어봤다. 좋지 않았다. B사감이 방금 보인 행동은 뭔가, 누군가가 걸릴 건수가 있을 때 하는 행동이다. 다들 그걸 알고 있다. B사감이 팔짱을 끼고 식당을 훑

어보는 행동 하나로 식당은 온통 긴장감에 짓눌렸다.

한동안 식당을 훑어보던 B사감은 절뚝거리며 걸어서 배식을 받는 곳으로 향했다. 이것도 단 한 번도 없었던 일이다. 급식을 받은 B사감은 우리 쪽으로 왔다. 그러고는 우리 바로 옆에 앉았다. 정확히는 김태진과 나 사이였다. 아침 식당에는 기숙사 생활하는 학생들밖에 없으므로 의자가 많이 비었는데, 김태진과 나는 식탁 하나를 사이에 두고 앉아 있었다. B사감은 바로 그 빈 식탁에 앉은 것이다. 김태진은 아무렇지 않게 밥을 먹었지만 주변에 있던 친구들은 긴장한 기색이 뚜렷했다. 그도 그럴 것이 밤새 김태진이 무엇을 준비하고, 조금 뒤 무슨 일이 벌어질지 알고 있기 때문이다. B사감은 뭔가를 눈치챈 게 분명했다. 급식을 먹다가도 B사감은 몇 번이나 김태진 쪽을 보았다.

그런데 이상하게도 B사감은 우리 쪽도 여러 번 보았다. 안 보는 척했지만 우리를 살피는 눈짓이 분명히 있었다. 뭔가 불길한 예감이 들었다. 설마 B사감이 어젯밤 우리가 벌인 일을 알고 있는 걸까? 그럴 리 없다. 우리는 들키지 않았다. 경비 아저씨와 구미호에게 들키지 않았다. 들켰으면 어젯밤 그대로 뒀을 리가 없다. 경찰도 우리 정체를 정확히 알 수는 없었다. 준영이가 신고하러 갔지만 신분을 밝히지는 않았고, 무엇보다 경찰이 B사감에게 뭔가를 알려 줬을 리도 없었다. 아침에 B사감이 수상쩍은 눈빛을 내비치긴 했지만, 그건 김태진과 얽힌 일이거나, 재활용과 관련된 건수였다. 아침에 혹시나 해서 화장실에 냄새가 나나 확인도 했다. 냄새는 전혀 나지 않았다. 흔적은 오직

수상한 기숙사의 치킨게임

우리 가방 안에만 있다.

생각이 여기에 미치자 괜한 걱정이란 판단이 들었다. 도둑이 제 발 저린 격이었다. 이럴 때일수록 침착해야 한다. 괜히 긴장한 기색을 내비치면 그것 때문에 의심을 사게 된다.

"오늘 아침은 먹을 만하네. 맛있다. 그치?"

맞은편에 앉은 병수와 민수는 생뚱맞은 표정으로 나를 쳐다봤다. 이게 뭐가 맛있냐는 표정이었다. 솔직히 급식은 별로였다. 아침이라 밥맛이 없기도 했지만, 새벽에 치킨과 라면을 먹었으니 급식이 맛있게 느껴질 리가 없었다.

"그러게. 국물이 시원하네."

옆에 앉은 준영이가 국물을 떠먹으며 밝게 대꾸했다.

"그지? 어제 저녁 급식은 영 아니더니……."

민수는 여전히 '이것들이 뭐 하는 짓이지?' 하는 얼굴이었지만, 병수는 분위기를 알아채고 맞장구를 쳤다.

"어제 같은 급식은 급식이 아니라 급순이라고 불러야 돼."

"야, 그거 성차별 발언 아니냐?"

"헉, 그런가?"

"여자애들 귀에 들어가면 어쩌려고."

"아차차, 실수."

민수는 여전히 분위기 파악 못하고 밥을 찔끔찔끔 먹었지만 준영이와 나, 병수는 세상에서 맛볼 수 없는 산해진미처럼 먹었다. 맛있게 먹는 척하면서 B사감이 우리를 보는지 살폈는데 처음과 마찬가지로 김태진과 우리를 번갈아 가며 살피고 있었다. 눈에서 서늘한 기운을 뿜어내는 감시자, 집요하게 도토리를 쫓는 사냥꾼, 소리 소문도 없이 다가와 학생들을 덮치는 독사 같은 간수가 그 자리에 있었다.

급식을 깨끗이 비우고 자리에서 일어났다. 김태진과 그 친구들도 자리에서 일어났다. B사감은 밥이 조금 남았음에도 우리를 따라 일어섰다. 김태진이 앞서고 우리가 뒤따라갔다. B사감은 식판을 반납한 뒤에도 계속 우리를 따라왔다. 식당 건물을 나와서 교실로 향하는데 B사감은 기숙사 쪽으로 가지 않고 여전히 우리 뒤를 따라왔다.

'교무실로 가는 걸 거야'

'아니면, 김태진을 쫓는 거겠지'

믿음이 아니라 바람이었다. 판단이 아니라 희망이었다.

역시 나쁜 짓을 하고, 살면 안 되나 보다.

중앙현관까지 오자 때마침 통학차에서 내린 학생들이 밀려들어 왔다. 이제 저 무리에 섞여서 안으로 들어가면 이 모든 긴장에서 놓여난다.

충돌 일보 직전

"송인욱 학생, 가방 좀 보여 주시겠습니까?"

모든 게 끝났다고 생각한 바로 그 순간, B사감은 가장 무서운 말을 꺼냈다.

'잠시 검문 있겠습니다' 하고 말하던 경찰이 떠오르면서 눈앞이 깜깜해졌다. 이대로 들키고 마는 걸까? B사감은 도대체 왜 이렇게 우리를 괴롭히는 걸까? 끝장인가? 아니다. 절망에 빠질 상황은 아니다. 어제도 숱하게 위기를 맞았지만 모두 무사히 넘어갔다. 이보다 더한 위기도 이겨 냈다. 호랑이 앞에 잡혀 가도 정신만 차리면 된다고 했다. B사감은 호랑이도 아니다. 일단 벗어날 길을 찾을 때까지 어떻게든 시간을 끌기로 했다.

"왜요?"

예의를 갖추며 말하려고 했지만 경계심과 불평이 말투에 그대로 묻어났다. 나와 B사감 사이에 팽팽한 긴장감이 흘렀고, 그 긴장감은 둘레에 있던 애들까지 그 자리에 세웠다. 기숙사에서 생활하는 학생들뿐 아니라 등교하는 학생까지 겹치면서 중앙현관에는 학생들이 점점 많이 모였다.

"어젯밤 규정 위반 행위를 했다는 의심 때문입니다."

"의심이 들기만 하면 학생 가방을 막 뒤져도 되나 보죠."

내 말투는 여전히 버릇이 없었다.

그럼에도 나는 그 말투를 유지하기로 했다. 학생들이 몰려드는 이런 상황에서는 숫자와 분위기를 잡아야 한다. 둘레에 있던 학생들은 내 편이었다. B사감에게 질린 기숙생뿐 아니라 통학생들도 B사감 소문은 익히 알기 때문이다.

"기숙사 운영규정 제11조 5항, 심각한 규정 위반이 의심될 경우 사감은 학생 물품을 검사할 수 있다. 제 행동은 규정에 어긋나지 않습니다. 가방을 보여 주세요."

어떤 조치를 취할 때 학생이 항의하면 늘 사감은 규정을 제시했다. 그동안 수없이 보아 온 모습이었다. 나는 잠깐 내가 무슨 의심을 받을 만한 행농을 했는지 떠올려 봤다. 흔적을 남기지도 않았다. 흔적은 오직 가방 안에 있다. 가방 안을 들여다보지 않는 한 사감이 의심을 할 만한 증거는 없었다.

뭐라고 할 말이 없었다. 규정을 들이대니 빠져나갈 구멍이 보이지 않았다.

"그게 아무나 의심해도 된다는 규정인가요?"

준영이었다. 준영이는 늘 B사감 말도 잘 듣고 규정을 잘 지키는 모범생인데 이렇게 나서다니 정말 뜻밖이었다.

"그냥 의심이 들면 아무 때나 물품 검사를 해도 되나요? 사생활 침해 아닌가요?"

사생활 침해, 준영이가 아주 멋진 방패를 들고 나타났다.

"준영 학생이군요. 안 그래도 203호 학생들 가방을 전부 보고 싶었는데, 잘됐네요. 203호 학생은 전부 들어가지 말고 가방을 보여 주세요."

혹을 떼려다 혹이 더 붙고 말았다. 만약 가방을 다 뒤져서 증거물이 나오면 어젯밤 우리가 무슨 일을 했는지 만천하에 드러나고 만다. 민수 말이 맞았다. 세 곳에 나눠서 들고 오는 게 아니었다. 확률을 따라야 했다. 만약 모범생인 준영이 가방에 넣었다면, 걸리지 않고 끝날 수 있었다. 후회했지만 시간을 되돌릴 수는 없었다. 순살치킨이 아니라 뼈 있는 치킨을 선택한 결정도 후회스러웠다. 뼈가 더 맛있다는 내 지론을 지키려다 위험을 키우고 말았다. 순살치킨을 먹었다면 내 가방에는 아무런 흔적이 안 남았을 테고, 이런 위험을 맞이하지도 않았을 테니까 말이다.

나를 비롯한 친구들은 당황했지만 주변 학생들 분위기는 달랐다. 의심이 든다고 해서 같은 방을 쓰는 학생 가방을 모두 뒤지겠다는 B

사감이 과도해 보였기 때문이다. B사감이 그리 말하면서 웅성거림과 함께 작지만 비난하는 목소리들이 들려왔다. 위기 상황에서 벗어나려면 이 분위기를 이용하는 수밖에 없었다.

"사감 샘! 아무리 그래도 전부 검사하겠다니 너무하시잖아요? 저희가 무슨 범죄자인가요? 근거도 없이 그냥 의심이 든다고, 애들 다 있는 데서……."

"인욱 학생! 제가 근거도 없이 그냥 의심이 든다고 무작정 가방을 검사하려고 드는 몰지각한 사감이라고 생각하세요?"

어떻게 반응해야 할지 판단할 수가 없었다. 도대체 의심이 들 만한 근거가 뭐가 있다는 말인가? 아무리 따져 봐도 이건 B사감이 직감으로 만들어 낸 의심이지 근거가 있어서 든 의심으로 보이지 않았다. 당당해야 한다. 뻔뻔하게 맞서야 한다.

"네! 사감 샘은 늘 그러시잖아요."

나는 '늘'이란 낱말에 비꼬는 감정을 실어 보냈다. 기숙생이라면 '늘'이란 말에 다들 공감할 수밖에 없었다.

"어허, 그래요?"

B사감 입꼬리가 슬쩍 올라갔다가 내려왔다. 나를 한심하게 여기는 표정이었다. 기분이 나빴다.

"에이, 샘! 여기서 왜 그러세요? 시간도 늦었는데, 나중에 가방 보세요."

병수가 방글방글 웃으며 B사감 팔을 잡았다.

"병수 학생, 지금 장난이 아닙니다. 사감으로서 기숙생들 생활을 지도하는 중입니다. 빨리 가방을 보여 주세요."

B사감은 병수 팔을 가볍게 치며 정색을 했다.

"사생활 침해입니다."

나는 불쾌한 내 감정을 가감 없이 드러냈다.

"근거 없는 의심은 규정 위반입니다."

준영이는 B사감이 가장 중요하게 여기는 규정을 제시하며 세게 나갔다.

"근거가 없다…… 그렇게 나오시겠다는 거죠?"

'뭐야? 근거가 있다는 거야? 그럴 리가 없는데……'

흔적은 완벽하게 지웠다. 모든 흔적은 가방 안에 있다. 그러다 아침에 벌어졌던 일들이 주마등처럼 스쳐 지나갔다. 그러다 문득 한 장면이 뇌리를 강타했다.

'설마!'

사감은 윗옷 주머니에 손을 넣었다.

설마가 아니었다. 나는 그 손에 무엇이 들려 나올지 확신했다. 그리고 그건 내 방심이 빚어낸 실수였다. 방심이라기보다는 습관이 빚은 실수였다. 그 습관도 B사감 때문에 생겼다. 좌절과 함께 짜증이 끓어올랐다.

B사감 오른손이 주머니에서 나왔을 때, 거기에는 내가 예상한 그 물건이 있었다. 바로 어젯밤 내가 재활용함에 버린 찌그러진 캔 두 개

였다. 치킨과 함께 온 바로 그 캔이었다.

"아침에 재활용함을 보다가 이걸 발견했습니다. 이 캔은 아무리 봐도 기숙사 자동판매기에서 파는 음료수가 아닙니다. 학교 자동판매기에도 이런 모양을 한 음료수는 없죠."

쥐를 잡은 고양이는 쥐를 바로 먹지 않고 앞발로 살살 치면서 논다. 바로 숨통을 끊어 놓지 않고 놀잇감으로 삼는다. 나는, 아니 우리 네 사람은 쥐였고, B사감은 고양이였다.

"이런 음료수는 주로 어디서 팔까요? 저는 그곳이 어디인지 압니다."

B사감 입에서 '치킨'이란 낱말이 나오지 않기를 바랐지만, 그럴 가망은 없었다. '치킨'이란 낱말이 나오는 순간, 나와 친구들은 모두 끝장날 듯했다. 치킨이 문제가 아니었다. 한밤중에 무단으로 기숙사를 탈출한 행위는 바로 퇴소 조치다. 더구나 단독 탈출도 아니고 집단으로 모의를 해서 몰래 치킨과 라면까지 먹었으니 빠져나갈 구멍이 없었다. 입시를 앞둔 고3 선배들도 퇴소시키려 했던 B사감이 우리를 그대로 둘 리 없었다.

부모님이 이 사실을 알면 어떻게 말씀하실까? '치킨으로 살을 찌우더니, 그럴 줄 알았어' 하며 담담하게 받아들이실까? 아니면 '그깟 치킨을 먹으려고 그런 짓을 벌이고, 기숙사에서 쫓겨나다니 너 제정신이니?' 하며 역정을 내실까? 내가 이 일을 주도했다는 걸 알면 친구들 부모님은 나를 어떻게 생각하실까? 못된 놈이라면서 다시는 같이 어울리지 말라고 하실까, 아니면 그냥 친구끼리 그럴 수도 있지 하며 넘어가 주실까? 모르겠다. 이제 '치킨'이란 낱말이 B사감에게서 나오고, 모든 의혹을 풀 열쇠가 우리들 가방 안에 있다는 믿음이 확산되면, 우리는 가방을 열어야 할 테고, 그러면 일은 내 의지와 상관없이 굴러가겠지. 될 대로 되라지 뭐.

"이 캔을 파는 그곳은…… 바로."

B사감은 뜸을 들였다. B사감은 승리자였다.

그때였다. '치킨'이란 낱말을 막아서는 강력한 방패가 등장했다.

"근거가 있든 없든 너무하시잖아요."

김태진이었다.

우리 학생들을 이끄는 위대한 지도자!

"이제는 많은 학생들이 지켜보는 이런 상황에서 학생들 가방을 검사하겠다는 겁니까? 여기가 무슨 감옥입니까? 독재정권 불심검문입니까?"

감옥, 독재정권, 불심검문! 태진이 입에서 나온 낱말은 아주 강력했다.

"저는 규정대로 할 뿐입니다."

또다시 B사감은 규정을 들먹였다. B사감은 규정 외에는 제시할 근거가 없는 걸까?

"기숙사 운영규정 제11조 3항에 따르면 사감은 ……."

또다시 사감이 운영규정을 들먹이려 하는데 태진이가 중간에 끊어 버렸다.

"부당한 규정입니다."

"부당하다고요?"

B사감이 왼쪽 눈썹을 치켜세웠다.

"우리는 이미 지나치다 싶을 만큼 통제를 받고 삽니다. 이 끔찍한 입시 지옥에서 지겹도록 짓눌려 삽니다. 그러면 됐지, 왜 우리들 작은 일상까지 모조리 통제하려 드십니까? 과자를 먹든, 조금 뛰든, 공부하다 딴짓을 하든 무슨 상관입니까? 왜 그런 것마저 모조리 어른들 입맛에 맞게 통제해야 합니까? 생각과 습관마저 지배하는 것, 그게 바로 독재입니다."

"독재요?"

B사감 말에서 어처구니없다는 기색이 뚜렷하게 느껴졌다.

"작은 욕망, 일상 습관까지 통제되면, 그건 독재를 넘어서 전체주의, 파시스트 사회입니다."

전체주의와 파시스트란 말은 사회 수업을 받으면서 암기하고, 시험 볼 때나 쓰는 낱말인 줄 알았는데, 이런 상황에서 등장하니 낯설었다. 과연 한밤중에 치킨을 몰래 사 먹은 게 전체주의나 파시스트와 관계가 있을까? 아무리 생각해도 나로서는 판단이 서지 않았다.

"제가 지금 파시스트란 말입니까?"

B사감 말투에서 분노가 느껴졌다.

"사감 선생님은 빅브라더처럼 행동하고 있습니다. 우리는 빅브라

더가 펼쳐 놓은 감시망에 짓눌려 사소한 욕망마저 완전히 통제당하는 오세아니아 제국 백성들이구요."

태진이 말에서 적개심이 느껴졌다. 아무리 그래도 B사감이 빅브라더라니, 조금 심했다. B사감은 입술을 깨물더니 깊이 심호흡을 했다.

"저는 규정을 지킬 뿐입니다."

한결 차분한 목소리였다.

"잘못된 규정은 지키면 안 됩니다."

태진이는 반발심을 조금도 누그러뜨리지 않았다.

"규정은 지키라고 있습니다. 규칙이 잘못되었다 하더라도 바꾸기 전까지는 기존 규칙을 지켜야 합니다."

"부당한 규칙은 부당하다고 느끼는 바로 그 순간부터 지키면 안 됩니다. 그건 부당함을 용인하는 겁니다."

"저는 사감이고, 규정을 준수하고 실행할 의무가 있습니다."

"일제 *끄나풀*들, 독재자를 따르던 하수인들도 그런 짓을 했습니다."

"뭐요?"

처음으로 B사감 목소리가 흔들렸다. 감정을 절제하고 차분하게 이어가던 말투가 아니었다. 이런 말투는 처음이었다.

"내가 지금…… 일제 *끄나풀*이자…… 독재자의 하수인이라는…… 겁니까?"

날이 선 감정이 그대로 드러났다. 교장과 맞부딪칠 때도 감정에 동요가 없던 B사감이었는데, 태진이와 맞붙으면서 흔들리고 있었다.

"다를 게 없다고 생각합니다."

태진이는 단 한 걸음도 뒤로 물러서지 않았다.

"김태진! 보자 보자 하니까!"

B사감 눈에서 불이 일었다. 늘 학생들에게 존댓말을 쓰던 B사감 입에서 처음으로 반말이 나왔다. 조금도 뒤로 물러서지 않고, 서로를 향해 돌진하는 자동차, 먼저 운전대를 틀면 비겁자가 되는 치킨게임처럼, 둘은 한 치도 물러서지 않고 충돌을 향해 돌진했다.

태진이는 대꾸는 하지 않고 가방을 벗더니 차곡차곡 접은 대자보와 셀로판테이프를 꺼냈다.

"뭐하는 거야?"

"이게 우리 목소리입니다."

태진이가 현관 유리로 몸을 돌리자 뒤에 섰던 학생들이 쫙 갈라졌다. 태진이는 성큼성큼 걸어가 중앙현관 유리에 대자보를 댔다. 구경하던 학생들 중 상당수가 스마트폰을 꺼내 들었다. 지난 4월에 일어난 일이 또다시 벌어지려는 중이었다. 어쩌면 대자보가 붙으면 그때보다 훨씬 격렬한 다툼이 벌어질 것 같은 예감이 들었다. 그 당시 사감은 명백히 잘못을 저질렀고, B사감만큼 신념도 없었지만, B사감은 결이 다른 사람이었다. 우리 학교에서 가장 강력한 두 사람이 전혀 다른 가치관과 신념을 내세우며 맞부딪치면 어떤 파열음이 날지 예측할 수 없었다.

"김태진!"

이 목소리는 B사감이 아니라…, 구미호였다.

구미호에 붙잡힌 닭들

"그건 나중에 붙이고, 나랑 얘기 좀 하자."

"선생님 이건 기숙사 문제입니다."

"알아, 알아! 나와 이야기 나누고도 붙이겠다면 막지 않을 테니까, 걱정 말고."

구미호는 여느 때 같지 않게 부드러웠다.

"사감 선생님, 이 일은 저한테 맡기시지요."

B사감은 태진이를 노려보더니 입술을 깨물었다.

"알겠습니다. 그렇지만 203호 학생들 가방 검사는 제가 해야겠습니다. 이 음료수 캔을 보건대……."

구미호가 B사감 말을 중간에 끊었다.

"무슨 말인지 압니다. 제가 가방 검사도 할 테니 저한테 맡겨 주세요.”

“그래도 이건 기숙사……”

B사감은 불만스런 표정이었다.

“시간이 늦었으니, 제가 할게요. 203호! 따라 들어와. 너희들은 다 뭐야? 여기가 무슨 공연장이야? 아이돌이라도 왔어? 빨리 안 들어가!”

구미호가 험악하게 소리를 지르자 몰려 있던 학생들은 황급히 안으로 들어갔다.

김태진은 붙이려던 대자보를 접어서 손에 들고 구미호를 따라갔다. 우리 넷도 어쩔 수 없이 구미호를 따라갔다. 여우를 피하려다 호랑이를 만난다는 속담이 있다. 우리가 딱 그 꼴이었다. 그런데 여우가 구미호인데, 그럼 이 상황은 도대체 뭐라고 해야 할까? 구미호에게 붙잡힌 닭 신세라고 해야 할까? 아무튼 우리는 이제 끝장이었다. B사감보다 훨씬 무섭고 힘이 센 구미호 학생주임에게 걸렸으니, 기숙사 퇴소로 끝나지 않을지도 모른다. 어쩌면 더 심각한 징계를 받을 수도 있다.

구미호는 우리를 끌고 교무실로 갔다. 구미호는 교무실 한가운데에 있는 소파에 우리를 앉게 했다.

“너희들 아침부터 사고 친 거야?”

“아예, 단체로 일을 저질렀나 보네.”

“안 그래도 체육실 지저분한데, 쟤들 강제 봉사 좀 길게 하게 해 주세요."

교무실에 계신 선생님들과 이제 막 출근하는 선생님들이 우리를 보며 한마디씩 했다. 다행인지 불행인지 우리 반 담임 선생님은 보이지 않았다.

"뭐 좀 마실래?"

마실 기분은 아니었다.

"괜찮습니다."

태진이가 정중하게 거절했다.

"나는 커피 한 잔 마셔야겠다. 어젯밤에 잠을 제대로 못 잤더니 머리가 멍해."

밤늦게까지 치킨에 맥주를 마셨으니 당연히 머리가 아프시겠죠. 쳇, 우리는 치킨 먹은 것 때문에 이렇게 벌벌 떨고 있는데, 구미호는 치킨에 술까지 먹었음에도 느긋하게 커피나 찾고 있으니, 세상이 참 불공평했다. 내가 태진이만큼 말재주가 뛰어나면 세게 따지고 싶었다.

구미호는 커피를 한 잔 타오더니 한 모금 마시고 탁자에 탁 내려놓았다.

"태진아, 이번 일은 그냥 넘어가자."

"그냥 넘어갈 일이 아닙니다."

태진이는 정색하며 대꾸했다.

"쩝! 고집하고는……."

"고집이 아니라 옳은 일입니다."

"알았어, 알았어! 너도 조금 말랑말랑해지면 좋으련만⋯⋯."

여느 때 같지 않게 구미호는 아주 부드럽게 말했다. 구미호 꼬리가 몇 개 사라지기라도 한 걸까? 아무리 봐도 여느 때 구미호 같지 않았다.

"선생님이 책임지고 규민이가 기숙사에서 퇴소되지 않도록 할 테니까, 이번에는 넘어가자."

뭐야? 구미호가 어떻게 기숙사에서 벌어진 일을 다 알고 있는 거지? B사감은 원칙과 규정을 무조건 지키기에 이런 일을 구미호에게 알릴 사람이 아니다. 아무리 봐도 학생 가운데 구미호 첩자가 여러 명 있다는 소문이 사실인 듯하다.

"그건 감사합니다. 그렇지만 이건 규민이 문제만은 아닙니다."

"알아, 알아! 너희들이 어떤 불만인지, 뭘 요구하는지도."

구미호는 이마를 찡그리더니 커피를 몇 모금 들이켰다.

"문제는 방기훈 사감이 아니라 규정이잖아. 방기훈 사감은 규정대로 하려는 원칙주의자야. 지금 규정은 꽤 오래 전에 만들어서 한동안 고치지도 않고 내버려둔 건데, 그 이전 사감들은 적당히 지킬 건 지키고, 무시할 건 무시했어. 그런데 방기훈 사감은 규정을 있는 그대로 지키려고 했고, 그게 갈등을 일으킨 거잖아? 안 그래?"

들고 보니 맞는 말이었다. 문득 B사감이 그리 나쁜 사람은 아니라는 생각이 잠깐 들었다. 물론 아주 잠깐이었다. 나와 민수와 준영이 가방에는 어젯밤 우리가 저지른 일이 남긴 증거물이 있고, 그건 우리 삶을 송두리째 흔들어 버릴 폭탄이었다. 그 폭탄을 안겨 준 존재가 바로 B사감이다. 그런 존재를 좋은 사람이라고 평가하고 싶지는 않았다.

"앞으로 학생들 의견을 수렴해서 규정을 다시 손보도록 할 거니까, 이번 단체행동은 참아 주라. 너도 알잖아? 교장 선생님이 4월에 얼마나 힘드셨는지……. 정년도 얼마 안 남으신 분인데 고생은 그만하게 해 드려야지. 안 그래?"

태진이는 잠깐 고민했다.

"알겠습니다. 그럼 이번에는 선생님을 믿어 보겠습니다."

"어쭈, 이 자식 봐라! 선생님을 안 믿으면 누굴 믿냐?"

구미호는 그러면서도 웃음을 지었다.

"이제 넌 가 봐."

태진이가 자리에서 일어났다.

"저희들 처지를 알아 주셔서 감사합니다."

태진이는 고개를 꾸벅 숙였다.

"그래, 그래! 넌 이런 게 참 마음에 들어."

구미호는 환하게 웃더니 손을 흔들어서 태진이를 보냈다. 구미호는 커피를 마저 다 마시더니 소리가 나게 탁자에 내려놓았다. 태진이가 떠났으니 이제 우리 차례였다. 우리를 지켜 주던 강력한 방패는 사라졌다. 적은 막강한 사격술에 가장 무서운 무기까지 지녔다. 우리는 무기 하나 없이 적이 내릴 처분을 기다리는 불쌍한 신세였다. 구미호 앞에서 벌벌 떠는 닭들, 그게 바로 우리였다.

"가방에 뭐가 들었다고 가방 검사를……, 가방 이리 줘 봐."

구미호가 손짓을 했다. 도망갈 길은 없었다. 사생활 침해니 뭐니 방어할 수도 없었다. 그런 건 구미호에게 안 통했다. 교무실은 닭장이었고, 우리는 이제 곧 잡아 먹힐 힘없는 닭들일 뿐이었다. 갑자기 그동안 내가 먹어 치운 닭들에게 미안했다. 그들도 나와 같은 기분을 느끼며 죽어갔을까?

구미호 앞에 가방 네 개가 나란히 놓였다. 가방들이 애처로워 보였다.

구미호는 내 가방부터 열었다.

"뭐야? 뭐가 이렇게 많아."

구미호가 내 가방을 뒤적였다.

부스럭 소리가 났다.

비닐봉지 소리였다.

끝났다.

비닐봉지가 구미호 손에 들려 나왔다.

끝장이다.

"하이고, 지저분하기는, 넌 쓰레기까지 가방에 넣고 다니냐?"

구미호는 내 가방에서 나온 비닐봉지를 한편에 내려놓았다.

구미호 손이 민수 가방에 들어갔다 나왔고, 마찬가지로 비닐봉지 하나가 끌려 나왔다.

구미호 손이 준영이 가방에 들어갔다 나왔고, 또다시 비닐봉지 하나가 끌려 나왔다.

"어쭈, 준영이 너도? 이것들이 아주……."

병수 가방에서는 아무 것도 나오지 않았다.

우리는 조금 뒤에 떨어질 불벼락을 기다리며 고개를 푹 숙였다.

"이것들이 정말 깨끗하게 안 다닐래? 하, 참, 내가 그렇게 말했는데 말이야. 가방을 보면 그 사람 마음을 알 수 있다고. 가방이 깨끗하고, 책상이 깨끗해야 공부도 잘하는 거야? 몇 번이나 말해야 알아들을래? 하여튼 요즘 것들은 어른 말을 개똥으로도 안 여겨요."

구미호는 비닐봉지 세 개를 두 손으로 잡았다.
저 속을 열어 보면 어젯밤 우리가 한 짓이 모두 드러난다.
어쩌겠는가? 감수할 수밖에…….
그래도 치킨을 먹기 전에 들통나지 않고, 먹은 뒤에 들통났으니 그나마 다행이었다.

구미호가 비닐봉지를 들고 일어났다.
뭐지?

구미호는 비닐봉지를 들고 교무실 모퉁이로 걸어갔다.

뭐 하려는 거지?

구미호가 간 곳에는 쓰레기통이 있었다.

구미호는 아무렇지 않게 쓰레기통 안에 비닐봉지를 버렸다.

그러고는 다시 돌아와 우리 앞에 앉았다.

"안 가고 뭐하냐? 너희들, 나한테 더 볼 일 있어?"

어리둥절하던 나는 재빨리 가방을 집어 들고 일어났다.

"아뇨."

친구들도 잽싸게 가방을 챙겼다.

"감사합니다."

준영이가 꾸벅 인사를 했다.

"어쭈! 가방에 든 쓰레기 치워 줘서 고맙다는 말도 듣고, 이것들이 사람 됐네."

구미호 마음이 혹시라도 바뀔까 봐 우리는 빠른 걸음으로 교무실 문으로 향했다.

"아, 참!"

뭐야? 벌써 마음이 바뀌었나?

"병수, 너 노트북 가져가라."

"네? 아, 네!"

뭐야 정말? 구미호가 왜 저래? 꼬리가 사라졌나? 아니면 구미호가 치킨 먹고 사람이 된 건가?

구미호는 책상에 보관 중이던 병수 노트북을 돌려주었다. 병수는 노트북을 받아서 가방에 넣었다. 병수가 가방을 메고 우리 쪽으로 왔다. 민수와 준영이가 먼저 교무실을 나가고, 병수가 그다음으로 나가고, 내가 마지막으로 나가려고 할 때였다.

"야, 송인욱!"

구미호가 나를 불렀다.

뭐야, 또 왜 불러! 아, 정말 미치겠네.

나는 대답은 못하고 몸과 머리만 살짝 뒤로 틀었다.

"맛을 생각하면 뼈지만, 뒤처리를 생각하면 순살이야. 그치?"

구미호는 사람 좋아 보이는 동네 아저씨 같은 표정을 지었다. 나는 무슨 표정을 지어서 보여 주어야 할지 몰라 망설이다가 어색한 웃음만 남기고 교무실을 빠져나왔다.

"짜식이 고맙다는 소리도 안 해요."

교무실 안에서 구민혁 선생님이 투덜거리는 소리가 들렸다.

그냥 그러고 싶을 때가 있다

야자를 끝내고 기숙사로 가는데 태진이가 불렀다.

"잠깐 나 좀 보자. 가방은 애들한테 맡기고."

태진이는 반 친구들이 다 나갈 때까지 기다렸다.

"아침에는, 고마웠어."

내가 말했다.

"고맙긴 뭐. 나야 원래 그렇게 생겨 먹어서."

"아무튼 넌 참 대단해."

"나댄다고 싫어하는 애들도 많아."

"걔들은 다 치킨이야."

"치킨?"

"Chicken! 겁쟁이란 뜻도 있잖아."

"아, 그 Chicken!"

"겁쟁이라고 밝혀지기 싫은데, 너를 보면 겁쟁이인 게 드러나서 싫은 거야."

"애들이 겁쟁이라고 생각하진 않아. 그냥 짓눌려서 사는 거지."

"몸부림이라도 쳐야지."

"크크크, 그래서 넌 어젯밤 몸부림 쳤냐?"

태진이가 뭘 알고 하는 소리일까?

"뭘 들었냐?"

"아니! 사감 선생님이 하는 거 보고 너희들이 무슨 일을 저질렀구나 싶었어."

"그냥 쫌, 그랬어."

아무리 태진이지만 다 말하고 싶지는 않았다. 그냥 얼버무리고 말았다. 친구들이 교실에서 다 나간 지 시간이 꽤 흘렀다.

"구미호가 같이 오래."

"어디로?"

"따라오면 알아."

"사감 선생님께는……."

"이미 말씀드렸으니까 괜찮아."

태진이는 내 어깨를 두드리더니 밖으로 나갔다. 나는 태진이 뒤를 따랐다. 태진이는 운동장을 가로질러 정문으로 향했다.

"뭐냐? 정문으로 나가는 거야?"

태진이는 웃기만 할 뿐 대답을 안 했다.

태진이는 큰길을 따라 쭉 걷더니 사거리 모퉁이에서 왼쪽으로 돌았다. 다시 한참을 가더니 한 가게 앞에 멈춰 섰다. 바로 어제 내가 왔던 치킨가게였다.

"너, 뭐냐?"

"왜? 치킨가게잖아."

"그니까! 뭐냐고?"

"나는 학생주임 선생님이 너랑 같이 여기로 오라고 해서 왔을 뿐이야."

도대체 이걸 어떻게 받아들여야 할까? 구미호는 도대체 무슨 속셈이지?

그 상황에서 도망칠 수도 없었다. 나는 꼼짝없이 태진이와 같이 치킨가게로 들어갔다. 주인아주머니가 어제와 같은 웃음으로 나를 맞이했다. 안쪽에서는 구미호 목소리가 들렸다.

"안쪽으로 들어가요."

아주머니가 손으로 안쪽을 가리켰다.

태진이는 거침없이 갔고, 나는 머뭇거리며 따라 들어갔다.

"어! 왔냐?"

안으로 가자 구미호 얼굴이 정면으로 보였다. 탁자 위에는 프라이드치킨 한 마리와 양념치킨 한 마리가 맛있는 냄새를 뽐내며 내 손길이 와 닿기를 기다리고 있었다.

"뭐 하냐? 빨리 앉지 않고."

구미호 옆에는 태진이가 앉았고, 구미호 맞은편에 앉은 사람은 뒤통수만 보여서 누군지 알 수 없었다. 머뭇거리다가 빈 자리에 앉았다. 자리에 앉아 치킨을 한 번 보고, 내 옆에 앉은 사람 얼굴을 보았다. 그러고는 기겁을 했다.

"앗! 사감 선생님!"

"자식이, 뭐 그렇게 놀라냐? 맨날 보는 사감 선생님이 무슨 귀신이라도 되냐?"

구미호가 징그럽게 웃었다.

구미호는 맥주를 시원하게 한 잔 들이키더니, 나와 태진이에게는 탄산음료를 한 잔씩 따라 주었다. B사감은 치킨도 안 먹고, 맥주도 안 마시고 똑바로 앉아만 있었다.

"어제 밤늦게 친구 녀석이 치킨을 먹자고 해서 나가려는데, 아내가 어찌나 구박을 하던지. 야밤에 치킨 좀 그만 먹으라고. 내가 워낙 치킨을 좋아해서 거의 끊지 않고 먹거든. 이 배 봐! 이 배가 다 치킨이야. 아내는 젊었을 때 내 복근을 보고 반했다면서 지금 내 배를 보면 아주 기겁을 해요. 하하하! 이거 이 치킨을 끊어야 하는데, 끊을 수가 없어. 다들 뭐 그렇게 심각해! 그냥 편하게 먹어. 편하게! 아침에 날카롭게 부딪쳐서 내가 화해하는 자리 마련한 거니까, 그냥 편하게 먹어."

아무리 봐도 구미호는 어젯밤에 나와 준영이가 치킨가게에 온 걸

이미 알아차린 게 분명했다. 그런데 왜 잡지 않았을까? 새벽 2시에 제자들이 기숙사를 탈출해서 치킨을 사 먹으러 나온 일탈 행위를 보고도 왜 그냥 두었을까? 학교에서는 그렇게 깐깐하게 우리를 단속하고, 공부만 하라고 강요하는 구미호가 왜 그 순간에는 자애로운 스승이 되었을까? 아침에 나와 친구들이 곤혹스러운 상황에 몰렸을 때 왜 구해 주었을까? 그냥 태진이와 B사감이 충돌해서 시끄러운 일이 벌어지는 걸 막기 위함이었을까? 내 가방에서 치킨을 먹은 흔적을 발견하고도 아무렇지 않게 넘어간 이유는 또 뭘까? 아무리 생각해 봐도 모르겠다. 치킨을 먹는데 바늘방석에 앉은 기분이었다. 치킨을 그렇게 긴장하면서 먹기는 처음이었다.

나와 태진이는 묵묵히 치킨을 먹었고, 구민혁 선생님과 B사감은 대화를 나누었다. 처음에는 구민혁 선생님이 주로 말을 하고 B사감은 듣기만 했는데, 차츰 B사감도 대화에 끼어들었다. 그 대화를 통해서 나는 B사감이 살아왔던 과거를 조금은 알 수 있었다.

B사감은 초등학교 4학년부터 배드민턴 선수였다. 중고등학교 때는 전국대회에서 우승은 못해도 2·3등은 하는 수준이었다. 대학에 들어온 이후 국가대표 선발전에 나가면 마지막에 꼭 미끄러져서 뽑히지 못했다. 20대 후반이 되도록 그런 일이 거듭되자 B사감은 선수를 그만두고 생활체육 지도자로 방향을 틀었다. 생활체육 지도자가 된 뒤에 꽤나 인기 있는 강사였던 B사감은 어느 날 사고를 당해 더는 배드민턴을 할 수 없게 되었다.

"방 선생은 그 순간, 무단 횡단하는 애를 구하려고 왜 뛰어드셨어?"

구민혁 선생님이 맥주를 들이키며 물었다.

B사감은 한동안 대꾸를 하지 않고 가만히 있었다. 깊은 침묵 끝에 B사감이 내놓은 대답은 단 한마디였다.

"그냥요."

"그냥?"

"네! 그냥 뛰어들었어요. 특별한 정의감도 아니고, 생명을 살리겠다는 사명감도 아니고, 아이를 아끼는 마음도 아니었어요. 그냥 몸이 움직였고, 결국 제 다리가 이렇게 됐죠."

그 말을 듣고 나는 손에 든 치킨을 내려놓았다. 도저히 치킨을 먹을 수가 없었다. B사감이라고, 방귀간수라고, 스크랫이라고 놀린 사감에게 그런 과거가 있을 줄은 꿈에도 생각하지 못했다. 놀라웠다. 생명을 걸고 다른 생명을 구했는데, 그 이유가 '그냥'이라니……, '그냥' 목숨을 걸었다니…….

"그냥 그럴 때가 있잖아요. 자신도 모르게 정의롭게 행동하는…….'

"방 선생은 후회 안 해요? 그 사건으로 다리를 다치고, 평생을 불편한 다리로 살아가야 하는데…….'

"아뇨! 단 한 번도 후회한 적은 없어요. 그때 한 생명을 구한 대가로 제 다리를 지불했으니, 그 정도는 손해가 아니죠."

방기훈 사감은 처음으로, 환하게 웃었다.

치킨이 얹힌 듯 속이 답답하고, 묵직한 돌을 얹은 듯 양심이 죄책감에 시달렸다. B사감이라 부르고, 방귀간수라고 혐오하고, 스크랫이라고 비꼬던 내 말이 모두 죄가 되어 나를 짓눌렀다. 어젯밤 내가 저지른 사건이 짜릿한 승리에서 어처구니없는 범죄로 전락하는 기분이었다. 어쩌면 방기훈 사감은 무단 횡단이라는 작은 규칙 위반이 끔찍한 결과로 이어지는 경험을 하였기에 작은 규정도 끝까지 지키게 하려고 노력하는지도 모른다. 혼란스러웠다. 모든 가치관이 송두리째 뒤틀렸다. 머리가 아프고 심장이 옥죄었다.

"방 선생 말처럼 사람은 그냥 그러고 싶을 때가 있지. 그게 옳은 일이든 작은 일탈이든 말이야……. 10대들은 더 그래. 특별히 나빠서거나, 무슨 의도가 있어서가 아니라 그냥 그러는 거야. 그런 건 그냥 눈감아 주는 게 어때? 그렇다고 특별히 나쁜 길로 들어서지는 않아."

"저는 그저 규정을 지킬 뿐입니다."

"그래! 규정 좋지. 규정! 그거 참 올바른 자세야. 그래도 이 시간에 가끔 치킨을 먹는 건 괜찮잖아? 힘들고 지칠 때 그냥 치킨 한입 먹으면서 털어 버리는 거지. 인생 뭐 별 거 있어. 그냥 그러고 싶을 때 그러는 거야. 그냥!"

그 말이 통한 걸까? 그때까지 치킨을 한입도 먹지 않던 B사감이 처음으로 치킨을 집어 들어 한입 먹었다. 그러고는 이렇게 말했다.

"맛있네요."

청소년 성장소설 십대들의 힐링캠프, 일탈